Anna Sewell

TRADUÇÃO DE MONTEIRO LOBATO

CLÁSSICOS JUVENIS

Anna Sewell

# Beleza Negra

© IBEP, 2024

Diretor superintendente **Jorge Yunes**
Diretora editorial **Célia de Assis**
Editor de literatura **Ricardo Prado**
Editora assistente **Priscila Daudt Marques**
Revisão **Erika Alonso**
Produção editorial **Elza Mizue Hata Fujihara**
Assistente de produção editorial **Marcelo Ribeiro**
Projeto gráfico da coleção **Luciana Facchini**
Diagramação **Valquiria Palma e Juliana Ida**
Ilustrações **Rafael Nobre**

1ª edição – São Paulo

---

**Dados Internacionais de Catalogação na Publicação (CIP) de acordo com ISBD**

S516b    Sewell, Anna

　　　　Beleza Negra / Anna Sewell ; traduzido por Monteiro Lobato ; ilustrado por Rafael Nobre. - São Paulo : IBEP - Instituto Brasileiro de Edições Pedagógicas, 2024.
　　　　192 p. ; 15,6cm x 23cm. – (Clássicos Juvenis)

　　　　ISBN: 978-65-5696-679-3

　　　　1. Literatura infantojuvenil. I. Lobato, Monteiro. II. Nobre, Rafael. III. Título. IV. Série.

2024-201

CDD 028.5
CDU 82-93

---

Elaborado por Odilio Hilario Moreira Junior - CRB-8/9949

Índice para catálogo sistemático:
1. Literatura infantojuvenil 028.5
2. Literatura infantojuvenil 82-93

Rua Gomes de Carvalho, 1306 – 11º andar
Vila Olímpia – São Paulo – SP
04547-005 – Brasil – Tel.: 0800-015-59669
https://editoraibep.com.br
atendimento@editoraibep.com.br
Impresso na Leograf Gráfica e Editora - Junho/2024

# SUMÁRIO

CAPÍTULO I
11   **Meus começos**

CAPÍTULO II
14   **A caçada**

CAPÍTULO III
17   **Como me domaram**

CAPÍTULO IV
21   **O parque de Birtwick**

CAPÍTULO V
25   **Bons começos**

CAPÍTULO VI
29   **Liberdade**

CAPÍTULO VII
31   **Wasp**

CAPÍTULO VIII
35   **Mais fatos da vida de Wasp**

CAPÍTULO IX
39   **Flying**

CAPÍTULO X
42   **Conversa no pomar**

**CAPÍTULO XI**
49 Sinceridades

**CAPÍTULO XII**
52 Dia tempestuoso

**CAPÍTULO XIII**
56 A marca do Diabo

**CAPÍTULO XIV**
59 Tiago Howard

**CAPÍTULO XV**
62 O velho cocheiro

**CAPÍTULO XVI**
65 O incêndio

**CAPÍTULO XVII**
70 Teorias de John

**CAPÍTULO XVIII**
74 Visita do médico

**CAPÍTULO XIX**
78 Ignorância

**CAPÍTULO XX**
80 Aldous Green

**CAPÍTULO XXI**
83 Separação

**CAPÍTULO XXII**
86 A mansão do conde W.

CAPÍTULO XXIII
90 **Desespero**

CAPÍTULO XXIV
93 **Miss Ann**

CAPÍTULO XXV
98 **Rubens Smith**

CAPÍTULO XXVI
102 **Desenlace**

CAPÍTULO XXVII
105 **Decadência**

CAPÍTULO XXVIII
108 **Vida nova**

CAPÍTULO XXIX
111 **Boçalidade**

CAPÍTULO XXX
116 **O ladrão**

CAPÍTULO XXXI
119 **Embuste**

CAPÍTULO XXXII
122 **A feira**

CAPÍTULO XXXIII
126 **Um cavalo de *cab* em Londres**

CAPÍTULO XXXIV
129 **Cavalo de guerra**

CAPÍTULO XXXV
134 Jerry Barker

CAPÍTULO XXXVI
138 O *cab* de domingo

CAPÍTULO XXXVII
142 A regra de ouro

CAPÍTULO XXXVIII
145 Thea

CAPÍTULO XXXIX
149 Samuel

CAPÍTULO XL
152 Fim de Wasp

CAPÍTULO XLI
155 O carniceiro

CAPÍTULO XLII
158 A eleição

CAPÍTULO XLIII
160 Amigo

CAPÍTULO XLIV
164 Captain e seu sucessor

CAPÍTULO XLV
168 Ano Novo

CAPÍTULO XLVI
173 Novos donos

CAPÍTULO XLVII
177 **Tempos duros**

CAPÍTULO XLVIII
181 **Thoroughgood e William**

CAPÍTULO XLIX
185 **Última morada**

189 **SOBRE A AUTORA: ANNA SEWELL**

I

# Meus começos

O primeiro lugar de que me lembro era um campo – um pasto muito grande e bonito, com um lago margeado de árvores sombrias. À beira do lago cresciam taboas e lírios-do-brejo, de flores cheirosas e alvas como a neve. Havia uma cerca, e de um lado ficavam terras de cultura, e do outro, a casa do meu dono, para lá de um portão que abria para a estrada. O campo ia subindo, e na parte mais alta estendia-se um bosque de pinheiros. Esse campo era limitado em certo ponto por um ribeirão de barrancas escarpadas.

Comecei minha vida mamando o leite de minha mãe porque não sabia ou não podia ainda alimentar-me de ervas como ela. Passava os dias correndo e pulando ao seu lado e de noite deitava-me juntinho ao seu corpo. Nas horas de calor íamos para a beira do lago e ficávamos de pé à sombra fresca das árvores, já quando fazia frio tínhamos um telheiro de abrigo na fímbria do bosque.

Passados uns tempos aprendi a comer capim, e já minha mãe podia ser levada ao trabalho não sei onde, só voltando ao cair da noite. Eu não vivia sozinho. Éramos sete naquele campo, mais ou menos da mesma idade – sete potrinhos, alguns já bastante desenvolvidos. Meu grande encanto consistia em correr com eles no galope; também nos mordíamos uns aos outros e nos escoiceávamos com brincalhona brutalidade.

Um dia, depois de muita disparada desse gênero, minha mãe chamou-me e falou:

– Escute bem o que vou dizer. Os potros deste campo são boas criaturas, mas muito sem modos. Bem mostram serem filhos de cavalos de puxar carroça; não possuem boas maneiras. Mas você é animal de raça fina; seu pai goza de grande fama, e seu avô venceu dois grandes prêmios nas célebres corridas de Newmarket. Sua avó era de gênio dócil, e a mim ninguém ainda viu brincar de coice, nem de morder. Você deve seguir o mesmo caminho e perder os maus costumes que anda a adquirir. Trate de agir em tudo como os homens mandarem e com a maior boa vontade. Levante bem os pés quando no trote e nunca morda, nem dê coices. Coice, nem por brincadeira. Nada há que desmoralize tanto um cavalo.

Nunca me esqueci desses conselhos de minha mãe, uma senhora estimadíssima de todos. Seu nome era Duquesa, mas o nosso dono a tratava de "minha favorita", o que é uma expressão de carinho.

Excelente homem, o meu dono. Tratava-nos bem, dava-nos boas rações, bons cômodos para dormir e nos fazia festas – festas de tanto coração e tão carinhosas como as usadas para com os seus próprios filhos. Todos o estimávamos muito, e minha mãe mais que ninguém. Quando o via aparecer no portão, relinchava e disparava ao seu encontro; ele dava-lhe palmadas no pescoço, dizendo: "Minha velha favorita, então como vai o pretinho?". O pretinho era eu, porque meu pelo tinha um lindo tom de veludo negro. E como sempre que minha mãe corria a festejar o dono eu a seguia, dava-me ele às vezes um pedaço de pão, às vezes uma cenoura, que trazia de casa. Todos os cavalos o procuravam e festejavam, mas creio que minha mãe e eu éramos os prediletos, talvez por ser ela quem o levava à cidade nos dias de feira, a puxar um cabriolé.

Havia por lá um rapaz que todos os dias vinha ao nosso pasto colher amoras silvestres. Fartava-se à vontade e depois "divertia-se" com os potrinhos. Seu divertimento consistia em espantá-los com pedradas, de modo a fazê-los correr em disparada louca. Nós não nos incomodávamos grandemente com aquilo porque tínhamos boas pernas, mas, às vezes, algum calhau nos alcançava em mau ponto e nos feria.

Certa vez o dono o apanhou nessa brincadeira. Ah! Pulou a cerca, furioso da vida, e veio agarrar o nosso atropelador pela orelha. Deu-lhe uns tapas muito bem dados.

– Seu grande patife! – gritava. – Em vez de cuidar da obrigação põe-se aqui a maltratar os meus potrinhos. Vou acertar suas contas e pô-lo para sempre fora das minhas terras. Não quero mais nem um minuto enxergar essa cara.

Desde esse dia nunca mais vimos o Ricardo. O nosso tratador chamava-se Daniel. Era um velho tão bondoso como o dono, e graças a isso a nossa vida ali corria na mais completa felicidade.

## II
## A caçada

Eu ainda não completara dois anos quando aconteceu um fato que jamais me saiu da memória. Foi no começo da primavera. Durante a noite havia caído alguma neve, e de manhã um nevoeiro pairava, qual véu de gaze, sobre a natureza. Eu e meus companheiros estávamos pastando junto ao lago, e nisso ouvimos ao longe latidos de cães. O mais velho do grupo, e o mais sabido, ergueu a cabeça, empinou as orelhas e disse:

– Aí vêm os cães de caça! – e seguiu no trote para o ponto mais alto daqueles campos, de onde se avistavam as redondezas numa grande extensão. Minha mãe e um velho cavalo de sela estavam presentes e sabiam o que aquilo significava.

– Levantaram uma lebre – explicou minha mãe –, e como ela corre nesta direção, iremos assistir à caçada.

Pouco depois, os cães surgiram num campo de trigo que avistávamos dali. Vinham numa fúria doida, num au-au-au sem fim. Atrás, os cavaleiros a galope, alguns vestidos de casacos verdes. O velho cavalo de sela relinchou excitado, e nós, os potrinhos, sentimo-nos tomados de uma inquietação estranha. Queríamos galopar também, representar um papel na festa. Ao alcançar a várzea os caçadores se detiveram, enquanto os cães corriam por toda a parte farejando as moitas.

– Perderam o rasto – explicou o cavalo de sela. – É possível que a lebre escape.

– Que lebre? – perguntei.

– Uma lebre qualquer, talvez uma das que moram no nosso bosque de pinheiros. Qualquer lebre serve de caça para os cães e os caçadores.

Logo depois, a cachorrada recomeçou o coro de au-aus e, de novo reunidos, retomaram a corrida na direção do nosso pasto, precisamente pela parte mais alta de um dos barrancos do ribeirão.

– Parece que vamos afinal ver a lebre – murmurou minha mãe.

Nesse momento, uma lebre assustadíssima saltou à nossa frente, rumo ao bosque. Os cães seguiram-na. Atrás, vinham os caçadores novamente a galope. A lebre deu com a cerca e em vão tentou transpô-la. Em seguida, quebrou na direção da estrada. Era tarde. Os cães lançaram-se em cima. Ouvimos um grito de dor – o último do pobre animalzinho. Fora apanhado. Um dos caçadores galopou em sua direção e espantou os cães a chicotadas antes que eles a estraçalhassem. Ergueu pelas pernas a lebre morta, toda sangrentazinha – e notei que a satisfação do grupo de caçadores era grande.

Fiquei tão admirado com aquilo que nem notei a tragédia que se estava passando à beira do ribeirão. De repente, voltei a cabeça e vi uma cena dolorosa: dois cavalos caídos, um lutando contra a correnteza, outro debatendo-se sobre o capim. Da água vinha saindo, coberto de lama, um homem. Outro jazia imóvel ao lado do cavalo a debater-se.

– Deve estar com o pescoço quebrado – disse minha mãe.

– Bem feito – comentou um dos potrinhos, e eu pensei o mesmo; mas minha mãe discordou.

– Oh, não! – disse ela. – Vocês não devem falar assim. Apesar de velha, e já sabida em muitas coisas, nunca pude descobrir por que os homens gostam tanto desse estúpido divertimento. Estragam os cavalos, pisoteiam as plantações, tudo por causa de uma simples lebre, ou de um veado, que podiam perfeitamente apanhar por um sistema qualquer mais simples. Mas nós somos cavalos, e eles, homens; por isso não nos entendemos uns aos outros.

Eu ouvia as palavras de minha mãe sem tirar os olhos do que se passava. Os demais caçadores vieram rodear o que caíra. O nosso dono abaixou-se para examiná-lo. Tentou erguê-lo. Sua cabeça, porém, pendeu para trás e os braços mostraram-se inertes. Todos os presentes assumiram ar grave. Cessou o palavrório, e até os cachorros se aquietaram, como se compreendessem ter acontecido algo fora do comum. O moço foi levado dali nos braços para a vivenda do nosso dono. Soube depois que se chamava John Gordon, filho único do barão Gordon e orgulho da família.

Em seguida, o grupo se dispersou; seguiram uns em busca do médico e do veterinário, e outros a avisar o pai do moço. Quando Mr. Bond, o veterinário, chegou, o cavalo caído ainda gemia; examinou-o em várias partes do corpo e abanou a cabeça; estava perdido, havia quebrado uma perna. Um dos assistentes correu à casa do nosso dono e voltou de lá com uma carabina. Apontou a arma para a cabeça do cavalo caído. Um tiro estrondou – *bum!* Em seguida, tudo recaiu num silêncio trágico. O cavalo cessara de agitar-se. Morrera.

Minha mãe ficou muito perturbada, pois conhecia muito aquele belo animal cujo nome era Rob Roy, um cavalo de ótimas qualidades, sem manha nenhuma. E tal foi sua reação que nunca mais se dirigiu para aquele ponto do pasto.

Um dia depois, o toque dos sinos da igreja nos atraiu a atenção. Fui espiar. Notei movimento na casa do nosso dono, da qual vi sair um esquisito carro preto, coberto de panos pretos e puxado por cavalos também pretos. Atrás vinham numerosas carruagens do tipo comum, e toda a gente vestia-se de preto. O sino dobrava, dobrava. Era o jovem Gordon, tão lindo moço, que ia seguindo dentro de um caixão para o cemitério. O coitado nunca mais teria o gosto de andar a cavalo.

O que foi feito de Rob Roy nunca vim a saber, só sei que tudo isso aconteceu por causa de uma simples lebrezinha.

# III

# Como me domaram

Fui crescendo e fiquei um belo animal de pelo muito fino e macio, de um negro reluzente. Tinha uma das patas branca, e uma estrela também branca na testa. Todos me achavam lindo, e meu dono dizia que antes dos quatro anos não me passaria adiante. Sua teoria era que os rapazes não devem trabalhar como os homens feitos, e que também os potros não devem ser tratados como cavalos antes que a formação do corpo esteja completa.

Quando fiz quatro anos, o barão Gordon veio ver-me e examinou-me com atenção – os olhos, a boca, os dentes, as pernas, apalpando aqui e ali. Fez-me depois andar a passo, a trote e a galope. Suponho que se agradou de tudo porque disse: "Depois de domado vai ficar um animal excelente". Meu dono declarou que ele mesmo se encarregaria da domação, de medo que me deixassem tímido ou me maltratassem e não perdeu tempo, visto como no dia seguinte dava começo à tarefa.

É possível que nem toda a gente saiba que história é essa de "domar", e por isso explico. Domar é ensinar um cavalo a trazer sela sobre o lombo, a suportar um freio na boca e a carregar sobre tal sela um homem, uma mulher ou uma criança, que devem ser obedecidos docilmente. É tudo isso. O cavalo tem ainda de aprender a suportar uma coalheira, um rabicho, uma retranca e a ficar muito quieto enquanto o estão arreando; deve, depois, deixar-se atrelar aos varais de uma carroça, ou à lança de um *cab*[1] ou outro veículo qualquer, e trotar puxando esses carros, ora depressa, ora devagar, conforme a vontade do homem que segura as rédeas. O pior de tudo é que quando o cavalo está arreado tem que desistir de movimentos espontâneos – não pode pular de alegria, nem deitar para descanso. Como se vê, isto de domação é algo muito sério para um cavalo.

Eu já estava acostumado a ser puxado pelo cabresto, mas tinha de habituar-me ao bridão e ao freio – e para que a isso me habituasse deu-me ele muitos extras de rações de aveia e me fez muitos mimos. Que coisa estúpida o tal freio! Quem nunca o usou não pode imaginar que incômodo é. Um pedaço de ferro duríssimo, metido à força na boca, atravessado entre os dentes, sobre a língua. Esse ferro é mantido por uma barbela e várias correias, de modo que, por mais que faça, o animal não pode por si mesmo livrar-se do horror. Como é desagradável! Eu não podia compreender como minha mãe e todos os outros já domados podiam passar com aquilo na boca o dia inteiro. Mas afinal, graças à aveia e aos mimos do meu dono, fui-me acostumando a trazer bridão e freio. Depois surgiu o resto. Veio a sela, que é um dispositivo muito menos incômodo que o freio. Meu dono colocou-a com muito cuidado sobre meu lombo, enquanto o velho Daniel me mantinha a cabeça presa, segurando-me pelo freio. Depois, apertou umas correias, a que chamam cilhas; apertou-as por debaixo do ventre, isso com palmadas amigas e sempre falando com carinho. Deu-me mais aveia e fez-me andar em círculo. No dia seguinte repetiu a manobra, e assim toda a semana, de modo que já era com prazer

---

1 *Cab*: palavra inglesa para cabriolé, pequena carruagem puxada por um cavalo e, em casos específicos, utilizada como carro de aluguel, táxi. (N. do E.)

que eu esperava a hora da sela – por causa da aveia. Certa manhã, finalmente, montou-me e fez-me passear pelo pasto com aquele peso sobre o lombo. Estranhei muito, como é natural, mas não deixei de sentir um certo orgulho de estar agindo como via fazer aos velhos cavalos, e por fim acostumei-me com a sela.

Outra coisa muito desagradável foi a colocação das ferraduras, que a princípio me incomodaram terrivelmente. Fui levado a uma oficina de ferrador, o qual me ergueu as patas e, com um ferro de corte agudo, me aparou o casco. Não doeu nada e por isso deixei que o fizesse. Depois escolheu um ferro recurvo, a que chamam ferradura, e adaptou-o ao casco aparado, pregando-o com o que chamam cravos – uns pregos cabeçudos. Estranhei muito quando saí da oficina com quatro ferros nos pés, pois quase que perdia o jeito de andar, mas em pouco tempo me acostumei também a mais essa.

Minha educação não parou aí. Meu dono queria ajeitar-me ao tiro de carros e foi me ensinando coisas novas. Recebi uma coalheira ao pescoço e um freio com tapa-olhos de couro, que só me deixavam enxergar o que estava na frente, e também um tal rabicho, que passava incomodamente por baixo da raiz da minha cauda. Nunca senti tanta vontade de aplicar uma boa parelha de coices como quando me aplicaram esse rabicho, mas contive-me, lembrando-me dos conselhos de minha mãe e também da bondade do meu dono. Por fim, acostumei-me e fiz o trabalho de tiro dos carros tão perfeitamente como os outros.

Tenho um incidente a contar, ocorrido nesse tempo. Meu dono mandou-me por quinze dias a uma propriedade vizinha, cujo pasto era limitado pela linha férrea, e onde fiquei entre vacas e ovelhas. Logo depois da minha chegada, estava eu muito sossegado a pastar junto à linha quando ouvi a pouca distância um som estranho que se aproximava – e não tardou que um longo trem passasse, puxado por imponente locomotiva das que jorram para o ar linda fumaça branca. Levei um grande susto e fugi em disparada para o ponto mais afastado, de onde pude ver o trem desaparecer numa curva ao longe. Nesse mesmo dia outros trens passaram, às vezes dando gritos agudos. Assustei-me como da primeira vez, embora notasse que as vacas e as ovelhas nenhuma atenção davam aos monstros; limitavam-se a erguer a cabeça e a olhar para eles calmamente.

Cheguei a perder o apetite, de tanto medo, mas como o espetáculo se repetisse todos os dias e os monstros andassem sempre pelo mesmo caminho, jamais invadindo o nosso pasto, fui perdendo o medo e acabei ligando tanta importância àquilo quanto as vacas.

Diversas vezes na minha vida vi cavalos assustarem-se com a passagem de trens. Comigo, entretanto, não se dá isso, pois é com a maior calma que os vejo, e isso graças àquela precaução de meu dono de fazer-me passar quinze dias em tal pasto.

Meu dono muitas vezes me punha no carro ao lado de minha mãe, que era sábia e prudente, e podia guiar-me muito melhor que qualquer cavalo desconhecido. Dizia-me ela que quanto melhor me comportasse melhor me tratariam, e que era preciso fazer o possível para agradar aos homens. Mas estabelecia distinções.

– Há muitas espécies de homens, uns bons e cuidadosos como o nosso dono, e aos quais os cavalos devem orgulhar-se de servir; outros, porém, são maus, duros, cruéis, e não deviam ter o direito de possuir cavalo ou cão. Há ainda os tolos, inaptos, ignorantes, descuidados, que não pensam no que fazem – e esses são os piores senhores que os cavalos podem ter, porque lhes causam menos mal por maldade que por estupidez. Muito desejo que meu filho sempre ande em boas mãos; mas um cavalo nunca sabe a quem vai servir. Tudo vem do acaso. Seja como for, meu conselho é que um cavalinho como você deve trabalhar sempre com a melhor boa vontade e da melhor maneira, independente da qualidade do homem a quem serve. Assim irá ganhando bom nome e acabará melhorando de sorte.

# IV

# O parque de Birtwick

Eu vivia na cocheira, onde o meu tratador me escovava o pelo todos os dias para conservá-lo reluzente como seda. Em começos de maio, um dos homens do barão Gordon veio buscar-me. O meu dono despediu-se de mim com um conselho:

– Meu Negro, seja sempre um bom cavalo e proceda como seus pais. Adeus.

Não pude responder com palavras, mas encostei-lhe o focinho na mão; ele acariciou-me com palmadas no pescoço e lá me fui para a minha nova morada, na qual iria passar vários anos.

A propriedade do barão Gordon recebia ingresso por um largo portão de ferro, com uma casinha de guarda ao lado. Estendia-se depois uma alameda de grandes árvores velhas, e havia novo portão com outra casa de guarda, desta vez abrindo para os jardins que rodeavam a vivenda. Perto ficavam o pomar, os currais, as estrebarias e os depósitos de carros, arreios, instrumentos agrícolas, mil coisas. Só me interessa descrever as estrebarias, e devo dizer que eram espaçosas, divididas em quatro seções e com vidraças móveis, agradáveis e bem-arejadas.

O primeiro compartimento, de forma quadrada, tinha ao fundo uma porta, e no centro, os cochos. Os cavalos ali não ficavam presos pelo cabresto, de modo que era um lugar particularmente apreciado por todos nós. Nada como ter os movimentos livres.

No dia da minha chegada fui posto nesse compartimento e gostei, pois nunca havia habitado recinto tão limpo e espaçoso. As paredes de meia altura terminavam com grades de ferro, através das quais eu podia ver o que se passava fora. O tratador recebeu-me com palmadas amigas, falou-me com carinho e deu-me uma boa ração de aveia. Em seguida, retirou-se.

Depois de comida a aveia, corri os olhos ao redor. No compartimento contíguo vi um cavalo zaino[2], de porte pequeno e bastante gordo, que tinha a crina comprida e a cauda espessa, cabeça bem desenhada e focinho gracioso. Acheguei-me à grade e falei-lhe:

– Então, como vai? Qual o seu nome?

O cavalinho, que estava no cabresto, voltou-se e respondeu:

– Meu nome é Flying. Tenho fama de bonito e costumo carregar as damas, bem como puxar o faetonte[3] leve da baronesa. As meninas da casa e o Tiago, todos gostam muito de mim. E você? Vai ficar morando aí?

Declarei que sim, e ele fez votos para que eu tivesse bom gênio, pois detestava vizinhos que dão coices e mordem.

Nesse momento, vi no compartimento ao lado uma nova cara. Orelhas deitadas para trás e olhos mal-humorados. Tratava-se de uma égua alazã de pescoço finamente elegante. Olhou-me e resmungou:

– Ah, foi então você que roubou o meu cômodo, hein? Parece incrível que por causa de um potrinho da sua marca venham a incomodar uma senhora respeitável como eu!

– Queira desculpar-me – murmurei meio confuso. – Não roubei nada a ninguém. O tratador que me trouxe pôs-me aqui sem

---

2  Zaino: cavalo que apresenta pelagem castanho-escura, sem qualquer mescla.
3  Faetonte: Carruagem de quatro rodas e de construção leve, sem cobertura para os passageiros.

consultar minha opinião. Quanto a ser um potrinho, como a senhora diz, fique sabendo que já completei quatro anos e estou crescido. Não sou briguento, jamais tive problemas com quem quer que seja e pretendo viver em paz.

– Está bem – disse ela. – Eu também não pretendo ter problemas com um bebê da sua marca. Tinha graça...

Nada repliquei. À tarde, depois que ela saiu, Flying me disse:

– É a Wasp,[4] e tem esse nome por causa do gênio azedo. Gosta muito de morder. Quando morava nesse compartimento e tinha os movimentos livres, trabalhava muito de dentes. Um dia pregou no braço do Tiago uma tremenda mordida que fez sangue. Miss Flora e Miss Jessie, que são grandes amigas minhas, nunca tiveram a coragem de entrar aqui, de medo. Costumavam trazer-me gulodices: maçãs, cenouras, pão; mas desde que Wasp passou a morar aí nunca mais ousaram mimar-me, para não irritar a má vizinha. Agora tenho esperança de que a coisa mude, já que você garante que não morde. Respondi que de fato só empregava os dentes em esmoer ervas, feno ou aveia, e que nem sequer podia imaginar que gosto pode sentir um cavalo em morder outras criaturas.

– Suponho que Wasp não sinta nenhum gosto nisso – explicou o cavalinho. – Apenas um mau costume que adquiriu e não largará mais. Confessou-me que ninguém a trata com carinho e por isso vinga-se, mordendo. Parece que a pobre foi muito maltratada antes de vir para aqui. Agora a coisa mudou. Tiago e José tudo fazem para agradá-la, e o nosso dono também. Nada de chicote, nem gritos, e é possível que ela acabe melhorando de gênio.

Fez uma pausa e prosseguiu, com expressão de sagacidade nos olhos:

---

4 *Wasp*: "vespa", em inglês.

– Eu já tenho dez anos, conheço um pouco a vida e posso garantir que não há por estas redondezas melhor lugar para cavalos do que este. John é um cocheiro excelente, que já está aqui há quatorze anos. Tiago é a bondade em pessoa, de modo que se Wasp não ficou nesse seu compartimento, que é o melhor de todos, a culpa foi dela unicamente. Agora queixa-se...

# V

# Bons começos

O nome do cocheiro era John Manly, e ele morava ali perto com a mulher e um filhinho.

No dia seguinte à minha chegada, veio buscar-me para a escovação diária. O barão apareceu, mostrando-se satisfeito com o meu aspecto.

– John – disse ele –, eu pretendia experimentar este cavalo hoje, mas não posso. Fica você encarregado disso. Monte-o, dê uma volta pelo moinho e atravesse o rio. Já basta para lhe apreciarmos as qualidades.

Assim foi. Depois do almoço, John reapareceu e pôs-me o freio, tendo o cuidado de ajustar as correias para que não me apertassem mais que o necessário. Depois, experimentou uma sela. Vendo que não tinha o tamanho adequado foi buscar outra, que me assentou muito bem. Montou. Pôs-me primeiro a passo, depois a trote e, finalmente, a galopão. Quando alcançamos campo aberto, fustigou-me de leve com o chicote – sinal de galope – e galopei esplendidamente.

– Aí, danado! – exclamou John quando colheu as rédeas.

– Aposto que você gosta de caçadas, não é assim? Está no ponto para correr com a matilha.

De volta ao parque, encontramos lá o barão e a baronesa. John saltou em terra.

– Então, que tal? – quis saber o dono.

– Muito bom, senhor barão. Veloz como um veado e muito dócil de queixo. É cavalo de primeira. Foi negócio. Lá perto do moinho cruzei uma carroça de cacarecos, coisa que sempre espanta os cavalos. Pois este não se assustou coisa nenhuma. Olhou e foi passando. No bosque, lá adiante, andava gente à caça dos coelhos, e justamente quando eu ia passando estrondou um tiro bem perto; ele entreparou um instantinho só, de orelhas empinadas, mas nem sequer mudou de passo. É cavalo que nunca sofreu um mau-trato. Esteve em boas mãos.

– Isso é ótimo! – disse o barão. – Pode ir. Amanhã quero montá-lo.

No dia seguinte, fui conduzido já arreado à sua presença. Montou-me, e eu, então, lembrando-me dos conselhos de minha mãe, esforcei-me por obedecer-lhe cuidadosamente, o que não era difícil por tratar-se de um excelente cavaleiro. Quando voltamos, Mrs. Gordon nos esperava na porta.

– Então? – foi ela perguntando.

– Exatamente como disse o John. Nunca montei melhor cavalo. Temos agora de dar-lhe um nome. Que há de ser?

– Ébano. Ele tem a cor do ébano.

– Não gosto desse nome. Proponha outro.

– Pássaro-Preto – nome daquele cavalo do tio Allen.

– Não ainda. Este vale muito mais que o Pássaro-Preto.

– Lá isso é. Tem outra cabeça. E que olhos inteligentes! Parecem diamantes, que beleza... Pronto! Achei. Beleza Negra. Que tal?

– Está me soando bem. Beleza Negra... Sim, sim. Ficará com o nome de Beleza Negra.

Quando John me reconduziu à estrebaria, contou a Tiago a cena do batismo, dizendo que gostara da escolha por ser nome significativo de uma coisa real; não gostava de nomes vagos como Marengo, Abdala ou Pégaso. Tiago declarou que se fosse ele o escolhedor do nome optaria por Rob Roy, porque jamais vira dois cavalos tão semelhantes.

– Pudera! – exclamou John. – A Duquesa de Mr. Grey é a mãe de ambos.

Eu ignorava aquilo e fiquei impressionado. Então o pobre Rob Roy, que morrera na caçada da lebre, era meu irmão! Ah, compreendi finalmente por que motivo minha mãe se impressionara tanto com o desastre. Os cavalos não podem ter família, ou viver em família, como os homens. Logo que se igualam, e mesmo antes disso, são passados adiante e separados dos pais.

John mostrava-se muito orgulhoso de mim e tratava-me com tanto apuro que minha crina e minha cauda adquiriram a finura e a maciez de uma cabeleira de mulher. Falava-me constantemente e, apesar de lhe desconhecer a linguagem, fui-me acostumando a ela a ponto de entender quase tudo que me dizia. Fiquei seu amigo, graças a tanta bondade e doçura. John adivinhava as necessidades de um animal.

Quando me escovava o rosto, tinha o cuidado de não me tocar nos olhos; tratava-os como se fossem os seus.

Tiago Howard, o tratador, valia John em bondade de gênio, e o terceiro homem que lá havia não passava de um simples ajudante.

Dias depois, fui atrelado a uma carruagem, juntamente com Wasp. Tive medo de que a égua não se comportasse bem comigo, mas a não ser a insistência naquele hábito de empinar as orelhas, não andou nada mal. Fez o trabalho com relativa boa vontade, e positivamente não desejei ter ao lado outro companheiro. Nas subidas não moleava o corpo; ao contrário, puxava firme. Gostei disso.

John não teve necessidade de empregar o chicote, ao contrário, manteve as rédeas várias vezes para nos diminuir o fogo. Nosso passo equivalia, de modo que não me custou nenhum esforço manter o trote a dois, o que muito facilitou o trabalho de tiro.

Depois de uns três ou quatro passeios naquela carruagem, tornamo-nos camaradas, e os seus ressentimentos desapareceram.

Com Flying eu me dera bem desde o primeiro dia. Era um animal sadio de alma, alegre, brioso, de gênio bom e que por isso se tornara o favorito da casa, especialmente de Jessie e Flora, que o montavam constantemente.

O barão possuía ainda mais dois cavalos, que moravam nas duas estrebarias restantes. Um, de reduzido porte, tostado, de nome Justice, próprio para passeios e tiro leve; o outro, um cavalo de boa raça, alazão claro, de nome Oliver e já aposentado. Esse vivia às soltas pelo parque, puxando às vezes uma carrocinha, ou então levando alguma das moças para passeios breves. Do mesmo modo que com Flying, podiam confiar-lhe ao lombo uma criança. Tive ocasião de conversar com ele por várias vezes no parque; mas a minha companheira habitual de prosa era a Wasp, em virtude da contiguidade das nossas estrebarias.

# VI
# Liberdade

A vida corria-me bem agradável com Mr. Gordon. Se alguma coisa me faltava, outras sobravam, e a estrebaria era ampla, com muito ar e luz, e o alimento, sadio e fresco. Que mais poderia eu desejar? A liberdade apenas, aquela mesma liberdade na qual vivi durante três anos e meio. Agora vivia preso e sem esperança de nunca mais gozar a liberdade de outrora. Interessante! Só me sinto livre e senhor dos meus movimentos quando me ocupam em algum trabalho. Mas são correias aqui e ali, e freio na boca, e bridão, e antolhos, e sela e mil empecilhos que me obrigam a ser prudente e calmo como um cavalo velho. Isto não é lamúria. Reconheço ser esse o destino dos cavalos. Mas não deixa de ser penoso para um animal jovem, como sou, e que podia ainda andar livre nos pastos, a galopar com os outros sempre que desse gana, estar o dia inteiro, o ano inteiro, a vida inteira neste constrangimento de encarcerado.

Quando faço pouco exercício, transbordo de vida e elasticidade de músculos; vem-me uma ânsia de pular, galopar pelos campos afora até exaurir-me. John vinha dar-me o repasse e a custo me dominava. "Calma, calma!", dizia ele, "você vai dar um galope que lhe tirará do corpo essa fúria de movimentos".

Nesses repasses eu trotava largo por muitos quilômetros e, embora não me cansasse, perdia o fogo. Quando nesse estado de ardor, de ânsia de movimentos, os cavalos recebem a classificação de "passarinheiros" e são muitas vezes castigados por certos montadores. John, entretanto, não considerava a passarinhagem nenhum crime; conhecia a causa dela – acúmulo de energias por falta de exercícios – e curava-a apenas fazendo-nos correr.

Eu entendia o pensamento de John pelo tom da voz ou pelo movimento das rédeas. Sua voz tinha um grande poder sobre mim em vista do muito que eu gostava desse homem. Dava-me prazer obedecer-lhe.

Por algumas horas nos domingos de verão gozávamos de ampla liberdade, soltos no pasto ou no velho pomar, e sabíamos apreciar a macieza da relva, o ar puro e o direito de pinotear à vontade, de galopar, de espojar, de comer o capim onde melhor nos parecesse. Depois nos reuníamos à sombra das árvores para trocar nossas impressões.

# VII

# Wasp

Numa dessas prosas confidenciais à sombra de um castanheiro, fez-me ela contar toda a minha vida, ainda bem curta. Quando terminei, falou-me assim:
— Se eu tivesse tido uma educação igual à sua talvez meu gênio fosse outro e tão bom como o seu. Os meus maus educadores arruinaram-me.
— Por quê? Conte-me a sua vida.
— Nunca tive ninguém, homem ou cavalo, que me tratasse com doçura e ao qual, portanto, eu tivesse vontade de agradar. Depois de desmamada e separada de minha mãe fui posta no meio de um rebanho de potros que eu detestava e me pagavam na mesma moeda. Não tive um dono bom como o seu, que zelasse por mim, que me fizesse mimos. O homem que tomava conta de minha vida jamais me dirigiu uma palavra boa.
— Maltratava-a?
— Não com pancadas e outras violências, mas não nos dava atenção. Contanto que tivéssemos bastante alimento e bom abrigo no inverno, tudo estava bem. Rapazes malvados vinham constantemente nos fazer galopar à força de pedradas sem que ele o impedisse. A mim nada sucedeu de mal, mas um potrinho do bando ficou seriamente ferido e guardou por muito tempo a cicatriz da malfeitoria. Em todo o caso, como gozávamos da liberdade

de galopar por aqueles campos, vivíamos felizes. Chegou, porém, a época do amansamento, e isso foi duro.

– Duro, como?

– Terrível! Apareceram uns homens brutais que me pegaram a laço, uma corda apertadíssima que quase me asfixiou. E agarraram-me pela crina, pelas ventas, pelo beiço inferior, me meteram à força o cabresto e o bridão, me puxaram com violência pelo cabresto e me deram pancadas e chicotadas. Foi a minha primeira experiência da brutalidade dos homens. Tudo queriam obter de mim à força, sem sequer me dar a oportunidade de saber o que desejavam que eu fizesse. Eu era de boa raça, ardente, fogosa e não suportava passar dias e dias presa numa baia, privada dos meus galopes livres pelo campo. A intenção deles parecia ser quebrarem-me o espírito para sempre, destruírem-me.

Meu dono era o velho Mr. Ryder, que entendia de cavalos e poderia muito bem ter-me amansado com jeito, sem recurso a brutalidades; mas passara essa parte das atividades a um seu filho, só de vez em quando aparecendo para uma vista de olhos. Era esse filho um rapaz robusto, de nome Samson, muito orgulhoso dos seus músculos, que gabava-se de nunca haver encontrado animal que o pusesse no chão. Em tudo o inverso do pai: grosseiro, brutal, voz áspera e desagradável, olhar mau e mão dura.

Percebi imediatamente que sua intenção era destruir em mim o brio da raça e transformar-me numa simples coisa obediente, num carneiro. Se eu não fazia exatamente o que ele tinha na ideia, irritava-se e me fazia correr à rédea solta em redor do picadeiro até quase me matar de exaustão. No fundo era um bêbado. Enchia-se de álcool e eu era a vítima.

Um dia montou-me e maltratou-me o mais que pôde, só me largando quando eu já não podia mais comigo de tanto cansaço. Na manhã seguinte repetiu a maldade; deu-me depois apenas uma hora de descanso e voltou com um bridão novo e terrível. O que sucedeu não compreendi bem até hoje, mas foi um desastre. Ele montou-me e fez-me correr pelo picadeiro, até que qualquer coisa lhe desagradou, e deu então um fortíssimo golpe na rédea. O bridão machucou-me tanto que empinei, num movimento instintivo. Ele irritou-se ainda mais e veio de chicote. Cortou-me de chicote. Não suportei aquilo. Rompi em coices e corcovos com uma fúria que me espantei a mim mesma. Uma verdadeira luta. Por bastante tempo aguentou-se ele na sela, sempre a castigar-me cruelmente com o chicote e as esporas.

Na minha cólera eu só mirava uma coisa: lançá-lo de cima do meu lombo. Fiz esforços terríveis e por fim o consegui. Projetei-o longe. Ouvi o baque do seu corpo e, sem nem sequer voltar os olhos, disparei para o outro lado do picadeiro. De lá vi meu inimigo erguer-se do chão e dirigir-se todo enraivecido para a estrebaria.

Deixei-me ficar à sombra de um carvalho, à espera do que desse e viesse. Ninguém veio pegar-me. O tempo passava. Moscas zumbiam ao redor de mim, pousando no sangue dos meus flancos rasgados à espora. Senti fome, pois não comera desde a manhã e nada havia ali que pudesse ser comido. Deitar-me para descanso não podia, por causa dos arreios incômodos e excessivamente apertados. Veio a tarde. Vi recolherem-se os outros animais para a ração daquela hora. Finalmente, quando o Sol já ia desaparecendo no horizonte, Mr. Ryder surgiu no picadeiro, belo de porte com os seus cabelos grisalhos. Trazia nas mãos uma peneira.

Esse homem possuía uma voz que eu distinguia entre mil pelo tom meigo e bondoso. Aproximou-se sacudindo a peneira para que eu visse que havia aveia dentro e falou-me cordialmente: "Aqui, menina, aqui, aqui". Não me assustei e deixei que se chegasse. Ofereceu-me a aveia, que comi muito naturalmente, sem receio nenhum. O tom da sua voz me dissipara a inquietação. Ficou ao meu lado a ver-me comer e muito se aborreceu com a vista de sangue nos meus flancos. "Pobre animal!

Brutalizaram-no cruelmente!", murmurou. Depois tomou-me pelas rédeas e levou-me para a estrebaria. Ao chegar, vi na porta o tal Samson. Imediatamente empinei as orelhas e arreganhei os dentes, disposta a mordê-lo. Era o inimigo. "Sai daí", disse-lhe Ryder. "Trataste muito mal a minha potra." O rapaz resmungou e alegou que eu era um animal viciado. Mr. Ryder advertiu-o então, lembro-me muito bem: "Um homem de mau gênio jamais conseguirá obter um cavalo de bom humor. Ainda não aprendeste teu ofício, Samson". Depois levou-me para a baia, tirou-me os arreios e examinou-me as feridas. Pediu um balde de água e com uma esponja as foi lavando. Fê-lo com tanta delicadeza que me senti grata, apesar da ardência que me causava a lavagem. "Psiu, minha menina, quietinha, hein?", foi dizendo. A sua voz tinha uma doçura que me fazia bem.

Também os cantos da minha boca estavam horrivelmente machucados pelos empuxões brutais do freio. Impossível comer capim. As hastes ofendiam-me. Ele sacudiu a cabeça e mandou trazer uma ração de farelo molhado e também fubá. Com que prazer comi aquela mistura, de ação calmante para minha boca dolorida! Durante todo o tempo da minha refeição, ficou por ali alisando-me e dizendo palavras boas.

Passou a vir ver-me todos os dias e, quando de todo me restabeleci, entregou-me aos cuidados de outro amansador, um tal Job. Esse não tinha a maldade nem a brutalidade do primeiro, de modo que breve compreendi o que ele queria e tornei-me o que sou hoje.

# VIII

# Mais fatos da vida de Wasp

Da última vez em que estive no pasto com Wasp, falou-me ela do que lhe sucedera depois de domada.

— Depois de completa a minha domação, fui comprada por um negociante para emparelhar com um cavalo castanho que ele já possuía. Trabalhamos juntos por umas semanas e ao fim fomos revendidos para um senhor de Londres.

A moda lá era a falsa-rédea, que é o que há de incômodo. Quem nunca a usou não imagina como é desagradável. Gosto de ter a cabeça livre e levantá-la quando quero, mas ter de conservá-la sempre erguida, isso era tortura de deixar com dores o pescoço. E dois bridões em vez de um, imagine! Era assim que tinha de andar pelos parques e outros pontos de luxo.

Os novos bridões eram ásperos, feriam-me a língua e os cantos da boca, fazendo-me espumejar sangue. Nada pior do que esperar na rua a grande dama, esposa do meu dono, horas e horas a fio, até que terminasse o baile, ou festa que a atraíra. Se, impaciente, eu escarvava as pedras, aplicavam-me o chicote. Era algo de enlouquecer.

— O seu novo dono não atentava para isso? — perguntei.

— Não. Só cuidava do efeito que a parelha pudesse fazer. Suponho que nada entendia de animais; tudo deixava entregue ao cocheiro, o qual dizia sempre que eu tinha um gênio irascível, que não fora bem domada, que não gostava da falsa-rédea, mas que breve me acostumaria.

Não era ele, entretanto, o homem capaz de conseguir isso. Na estrebaria, quando me achava deprimida e irritada, em vez de vir com meiguices e boas palavras, vinha com insultos e brutalidades que ainda pioravam a situação. Se ele se comportasse de outra maneira eu me resignaria e procuraria tolerar aquela rédea. Sempre gostei de trabalhar. Mas ser atormentada só para satisfazer a um capricho da moda, aquilo, oh, aquilo me punha fora de mim.

Além da minha boca sempre ferida e da dor no pescoço, sentia-me mal lá por dentro, talvez na traqueia, e se continuasse mais uns meses em tal vida certamente que levaria a breca. Resisti. Dei então de morder e escoicear e pinotear sempre que me vinham pôr os arreios. Em consequência, recebia pancadas e mais pancadas. Um dia em que nos atrelaram à carruagem e me estavam forçando a cabeça com a falsa-rédea, não suportei mais. Empinei, rompi aos coices com toda a violência. Consegui arrebentar os arreios e fugir. Foi o fim. Desistiram do tormento e me puseram à venda no Tattersall.

Não podiam, sem dúvida, garantir-me como animal limpo de manhas, mas silenciaram sobre aquele ponto. Minha bela figura e meu bom passo logo seduziram um freguês, o qual deu por mim o preço pedido.

Esse novo dono experimentou em mim todos os tipos de freios, vendo logo que eu não tolerava estar presa. E como não me torturou, comportei-me bem, permitindo-lhe que me vendesse como animal perfeitamente manso a um proprietário rural bastante rico. Dei-me bem por lá, porque o novo dono, um senhor já velho, entendia de animais. Aconteceu, porém, que o nosso tratador foi logo substituído por outro que me lembrava Samson em tudo. A mesma incompreensão, a mesma brutalidade.

Esse homem só tinha na boca palavras ásperas, e dava-me pancadas nos jarretes[5] com o cabo da vassoura ou o que tivesse na mão. Comecei imediatamente a odiá-lo. Ele queria a todo o custo fazer-se temido, mas eu tinha gênio demasiado forte e resisti. Um dia não aguentei mais e mordi-o. Deu-me muitas pancadas mas nunca mais ousou entrar em minha baia de medo das minhas patas e dos meus dentes sempre prontos para entrar em ação. Com meu dono eu me comportava muito bem; com o tratador, sistematicamente mal. Fui de novo posta à venda.

O negociante que me havia adquirido de Ryder soube da minha via-sacra e disse conhecer um lugar que me servia. "É pena que por falta de trato conveniente se estrague uma égua tão boa", declarara ele, e foi graças a sua intervenção que vim parar aqui, pouco antes de você chegar.

Mas eu já havia compreendido que os homens eram meus inimigos naturais e que, portanto, tinha de defender-me. O modo como me tratam aqui é diferente, bem sei. Mas durará? Muito desejava encarar o mundo com a sua filosofia, mas o que tenho passado força-me a não ter confiança nenhuma nos homens, pois acho uma feia ingratidão dar coices ou morder criaturas como o Tiago ou o John. E eu não o farei enquanto me tratarem bem. Certa vez mordi Tiago um tanto severamente e ouvi John dizer: "Experimente tratá-la com bondade". Não vieram os castigos que esperei. Em vez disso, Tiago achegou-se a mim de braço amarrado e com uma ração de farelo. Disse-me boas palavras. Não o mordi mais e não o morderei nunca, se continuar a proceder assim.

Eu lamentava a sorte de Wasp; a minha pouca experiência da vida, porém, fazia-me crer que ela exagerasse os maus-tratos

---

5   Jarretes: parte posterior dos joelhos.

recebidos de seus vários cocheiros. Não era assim. A doçura com que passou a ser tratada foi-lhe modificando o gênio. Vivia alegre, sem aquele seu antigo ar desconfiado e teimoso. Certo dia ouvi Tiago dizer:

– Aquela égua parece que se dá bem comigo. Esta manhã relinchou alegre quando lhe alisei a cabeça.

– Sim, sim, são as pílulas de Birtwick – respondeu John. – Vai ver que ficará tão dócil como Beleza Negra. Bondade e carinho é só do que a coitada precisa.

O nosso dono também notou a sua diferença para melhor, e um dia em que tirávamos o carro deu-lhe palmadas no pescoço, dizendo:

– Como vai passando a minha flor? Deve estar agora mais satisfeita da vida, não é assim?

Wasp achegou o focinho ao rosto do homem num gesto de confiança, enquanto ele diminuía as palmadinhas.

– Nós a deixaremos ótima, John.

– Não há dúvida, senhor – respondeu ele sorrindo. – Já melhorou imensamente com as nossas pílulas de Birtwick.

Era um gracejo que sempre repetia. Com um tratamento racional, ou "pílulas de Birtwick", como dizia, propunha-se a curar qualquer manha de cavalo que não cedesse a outro tratamento. Eram pílulas, explicava, compostas de paciência e doçura, firmeza e mimos, tudo misturado com uns gramas de bom senso. Quanto à aplicação, diária.

# IX

# Flying

Mr. Bloomefield, o pastor da aldeia próxima, dava-se muito com os Gordons. As duas famílias visitavam-se sempre. Uma das Bloomefields era da mesma idade de Jessie; dois dos rapazes eram mais encorpados que os pequenos Gordons, e havia ainda outros de menor idade. Quando por ali apareciam de visita, davam que fazer a Flying. Passavam o dia a montá-lo, ora este, ora aquele, para passeios pelo pomar ou pelo parque.

Uma tarde em que Flying esteve ocupado com eles por algumas horas, vi que Tiago o recolhia à baia dizendo:

– Seu maroto, trate de comportar-se melhor, senão teremos ajuste de contas.

– Que aconteceu, Flying? – perguntei.

– Nada, apenas dei uma lição naqueles pequenos cavaleiros. Já me sentia cansado de tanto corre-corre, monta-monta, então derrubei um. Foi o único meio de fazer-me compreendido.

– Quê? – exclamei escandalizado. – Será que derrubou Miss Flora ou Miss Jessie?

– Não. Está claro que não. Isso não o faria nem para ganhar um saco de aveia. Tenho sempre muito cuidado com elas e também com os seus irmãozinhos, os quais aprenderam a cavalgar comigo. Quando os percebo pouco firmes na sela, deslizo macio que mais pareço um gato atrás de passarinho, e se os sinto firmes, então troto mais, desembaraçado. Quanto a isso não se assuste; sou amigo dessas crianças e o melhor mestre de equitação que elas possam ter.

– Já com os meninos do pastor – continuou –, tudo é diferente. São verdadeiros potrinhos humanos que também precisam ser amansados. Depois que as meninas me cavalgaram chegou a vez deles. Vieram de varas na mão e me castigaram mais forte que o usual. Eu estava de bom humor e tudo suportei com paciência. Por fim, como as varadas continuassem, irritei-me. Parei então duas ou três vezes. Os meninos, como você sabe, pensam que os cavalos são máquinas de ferro, das que podem trabalhar com a velocidade que o manobrador deseja. Não imaginam que somos de carne e nos cansamos, e temos uma sensibilidade. Ora, o menino da vara não mostrava entender coisa nenhuma, então empinei e deixei-o escorregar para o chão. Só isso. O diabinho montou-me de novo e repeti a operação. Depois montou o outro e deu-me as mesmas varadas. Reagi com o meu remédio: chão. E assim com os demais. Foi o único meio de fazer-me entendido. Não são más crianças, mas precisam levar suas lições. Quando Tiago soube do caso das varadas, irritou-se, dizendo que meninos decentes não tratavam os cavalos assim.

– Você foi paciente, Flying – disse Wasp. – Fosse comigo e eram coices que eles levavam.

– Não duvido, minha cara, mas eu não sou tolo de chegar a esses extremos e provocar a fúria do meu dono ou de Tiago. Além disso, esses meninos ficam ao meu cuidado quando montam, segundo ouvi Mr. Gordon dizer a Mrs. Bloomefield: "Não tenha receio a respeito das crianças, minha senhora, porque o meu velho Flying zelará tanto por eles como qualquer de nós. É um cavalo de tanta confiança que não venderia por dinheiro nenhum. Um modelo de paciência e fidelidade". Pensa então você, Wasp, que eu seria bruto e ingrato a ponto de esquecer o bom tratamento que venho tendo aqui há cinco anos? Devo então tornar-me mau e manhoso só porque duas crianças inexperientes me trataram mal?

E além do mais, se eu começasse a dar coices, que sucederia? Seria imediatamente vendido e por castigo iria puxar alguma carroça de carne ou trabalhar em serviço ainda pior. Já vi pobres cavalos puxando carroças dentro das quais seguiam homens horrendos, bêbados e brutos. Não e não. Espero que isso nunca me aconteça – e deu uma sacudidela de cabeça para maior ênfase das suas palavras.

# Conversa no pomar

Eu e Wasp não somos propriamente cavalos de tiro; somos cavalos de corrida. Isso quanto à raça. Mas prestamo-nos para as duas funções; daí o interesse do barão Gordon por nós. Ele detesta homens e cavalos que só fazem uma coisa, e como não visa à ostentação e sim à utilidade, sente muito gosto em sermos como somos. Nosso maior prazer consistia nas cavalgadas em que o barão ia montado em Wasp, a baronesa em mim e as duas moças no Oliver e no Flying. Costumavam ser partidas alegres e felizes. Ora seguíamos todos juntos no trote, ora no galopão. A minha tarefa me parecia a melhor, pois carregava a baronesa, que é delgada de corpo, muito leve e com um controle de rédeas quase imperceptível.

Se os homens soubessem como os cavalos agradecem um controle suave de rédeas, sem os tais empuxões bruscos e violentos, e como isso lhes melhora o caráter... A nossa boca, quando não calejada pelos maus-tratos, torna-se sensível aos mínimos movimentos do cavaleiro na rédea. Minha boca nunca fora estragada e talvez por isso a baronesa me preferisse a Wasp, que tinha um andar excelente. Muitas vezes essa égua me invejava, dizendo que o motivo de não possuir a boca tão perfeita como a minha era ter sido domada brutalmente e ter usado as rédeas terríveis de moda em Londres. A isso redarguia o velho Oliver:

– Não se incomode com tão pouco, minha cara. A sua honra é a maior porque carrega o barão, e com muito brio, apesar de tratar-se de um homem alentado. Temos que aceitar as coisas como nos vêm, e nunca deixar de mostrar-nos contentes e prontos quando somos bem-tratados.

Muitas vezes me admirei da cauda curta de Oliver, coisa aí de umas sete ou oito polegadas, e certo dia no pomar ousei inquirir o porquê daquilo.

– Desastre – respondeu-me em tom rancoroso, ou melhor, cruel. – Quando eu era ainda potrinho, uns homens maus agarraram-me, imobilizaram-me de modo que não pudesse defender-me e friamente me cortaram a linda cauda rente assim, carne e osso.

– Que horror!

– Não pode haver horror maior. E há ainda a considerar que, além da tortura que isso me foi durante a operação, fiquei prejudicado pelo resto da vida com a falta de um apêndice que a natureza me deu com funções bem definidas. Como pode um animal sem cauda defender-se das moscas que o perseguem? Vocês que não sofreram essa estúpida amputação livram-se delas instintivamente com o espanador da cauda, sem dar tento ao muito que isso significa. Eu, porém, que a perdi, sei quanto vale a cauda. Vivo atormentado pelas moscas, que me mordem à vontade sem que eu possa reagir. A minha tortura, portanto, vai durar a vida inteira. Felizmente essa moda cruel já não é usada neste país.

– Moda? – inquiriu Wasp.

– Sim. Cortavam a cauda aos cavalos porque era moda. No meu tempo de moço não havia cavalo que não sofresse essa mutilação. A estúpida gente da época esquecia que a cauda dos cavalos tinha uma função e não fora criada pela natureza como simples enfeite.

Imagino que é também por ser moda que usam em Londres aquelas horríveis rédeas presas que nos mantêm o pescoço erguido em arco para cima. Fui atormentada por essa moda em Londres e nunca me esquecerei do que padeci – observou Wasp.

– Oh, a moda! – exclamou o velho cavalo. – Tem perpetuado no mundo as maiores barbaridades. Moda é um capricho dos homens que nada justifica. Para os cães há a moda de lhes cortarem as caudas e as pontas das orelhas. Havia uma fox-terrier muito amiguinha, a Skye, que tinha sua cama na minha baia, debaixo do cocho. Lá deu à luz cinco cachorrinhos que eram um encanto e, por serem de boa raça, não foram afogados no rio, como acontece muitas vezes. Skye encantava-se com eles, e tinha razão porque não podia haver animais que os vencessem em beleza. Um dia um homem os levou dali. À noite Skye os foi trazendo de novo, um por um, na boca. Mas como voltaram! Com as orelhas e a cauda reduzidas a um toquinho sangrento e dolorido. Choravam, choravam, eles que até ali só sabiam brincar. Nunca esquecerei do carinho com que Skye lhes lambia as feridas. Com o tempo o corte cicatrizou e eles esqueceram-se daquilo, mas ficaram mutilados pelo resto da vida. Por que os homens também não cortam as orelhas ou a ponta do nariz dos seus filhos? Que direito têm de afligir e mutilar assim as criaturas de Deus?

Oliver era um velho filósofo, de muito brio, e o que estava dizendo constituía para mim tamanha novidade; tanto me impressionou que me senti possuído de um violento rancor contra os homens. O mesmo efeito produziu-se em Wasp, que ergueu a cabeça e, de olhos fuzilantes e narinas dilatadas, declarou que não tinha dúvidas sobre a estupidez e cruel brutalidade dos homens.

– Quem fala aí de estupidez? – inquiriu Flying, que estivera afastado e vinha-se chegando. – Estúpido. Acho má essa palavra.

– As palavras más existem porque existem coisas más – respondeu a égua, e repetiu as confidências de Oliver.

– É bem verdade isso – confirmou o cavalinho de sela. – Na propriedade onde morei antes de vir para cá vi fazerem isso aos cães.

Mas aqui não existe tal moda e, portanto, não precisamos recordá-la. O barão, John e Tiago sempre nos trataram muito bem, e por amor deles não devemos falar dos homens nesse tom. Há os estúpidos, não resta dúvida, mas há os bons. E há os excelentes, como os nossos.

As palavras filosóficas de Flying produziram um efeito calmante, sobretudo em Oliver, que muito estimava seu dono. Para mudar de assunto, indaguei se acaso sabiam da utilidade das viseiras ou antolhos.

– Eu ignoro – respondeu com aspereza Oliver. – Para mim não têm utilidade nenhuma.

– Acham os homens que elas impedem que os cavalos se assustem e passarinhem – advertiu Justice –, supõem que assim evitam acidentes de carruagens.

– E por que também as colocam em cavalos de sela, sobretudo nos montados pelas damas? – perguntei.

– Não há razão nenhuma para isso – respondeu Justice. – Moda apenas. Mais uma das tais modas. Os homens acham que os cavalos de tiro se assustariam de ver atrás de si as rodas das carruagens em movimento. Essa é a razão dada. Esquecem que quando montam esses cavalos eles vão enxergando tudo por onde passam, ainda que seja em rua atravancada, e não disparam em corridas loucas. Vamo-nos acostumando a todas as coisas e perdendo o medo ao que seja. Se nunca se lembrassem das tais viseiras nunca precisaríamos delas. Se os animais de tiro ainda se assustam é justa e unicamente por causa delas. As viseiras impedem-nos de ver muitas coisas e, portanto, ficam pelo mundo muitas coisas aptas a assustar-nos, porque nós só nos assustamos com o que desconhecemos. Eu de nenhum modo justifico os tapa-olhos. Acho que a natureza nos deu olhos para ver e que, portanto, quanto mais abertos, melhor.

Oliver era da mesma opinião:

45

– Acho as viseiras particularmente perigosas à noite – disse ele. – No escuro podemos ver muito melhor que os homens, isso é sabido, e muitos desastres seriam evitados se à noite tivéssemos os olhos completamente livres. Lembro-me de um fato ocorrido anos atrás. Por uma noite escura vinha um carro funerário puxado por dois animais. Junto à casa do Sparrow, onde o lago dá para o caminho, as rodas da direita aproximaram-se demasiadamente da beira da água. O terreno cedeu, o carro virou e os dois cavalos morreram afogados. O cocheiro só por milagre escapou. Depois disso é que fizeram lá aquela cerca de moirões pintados de branco, bem visíveis.

Se aqueles pobres cavalos não estivessem impedidos de ver pelas tais viseiras idiotas, nada teria sucedido. Quando o carro do barão virou...

– Quando?

– Muito antes de você vir para cá. Todos disseram que se o lampião da esquerda não estivesse apagado John teria visto o buraco que os trabalhadores da estrada haviam aberto ali. Pode ser que sim. Não duvido. Mas se o velho Collins não estivesse de viseira por si mesmo teria desviado, independente de o lampião não estar aceso. Era bastante ligeiro para isso. Nesse desastre o nosso John escapou por um triz.

Wasp fez um movimento irônico de narinas e disse:

– Esses homens, tão sabidões que até querem alterar as leis da natureza, deviam dar ordem aos potros para nascerem já com um olho só no meio da testa. Já que querem emendar a obra da natureza, que o façam por completo.

Os ânimos já se iam novamente esquentando, mas Flying ergueu o focinho sábio e disse:

– Vou contar um segredo: John não aprova as viseiras. Pensa como nós. Já o ouvi conversar com o barão a respeito. O barão retrucou que como os cavalos tinham sido acostumados com elas,

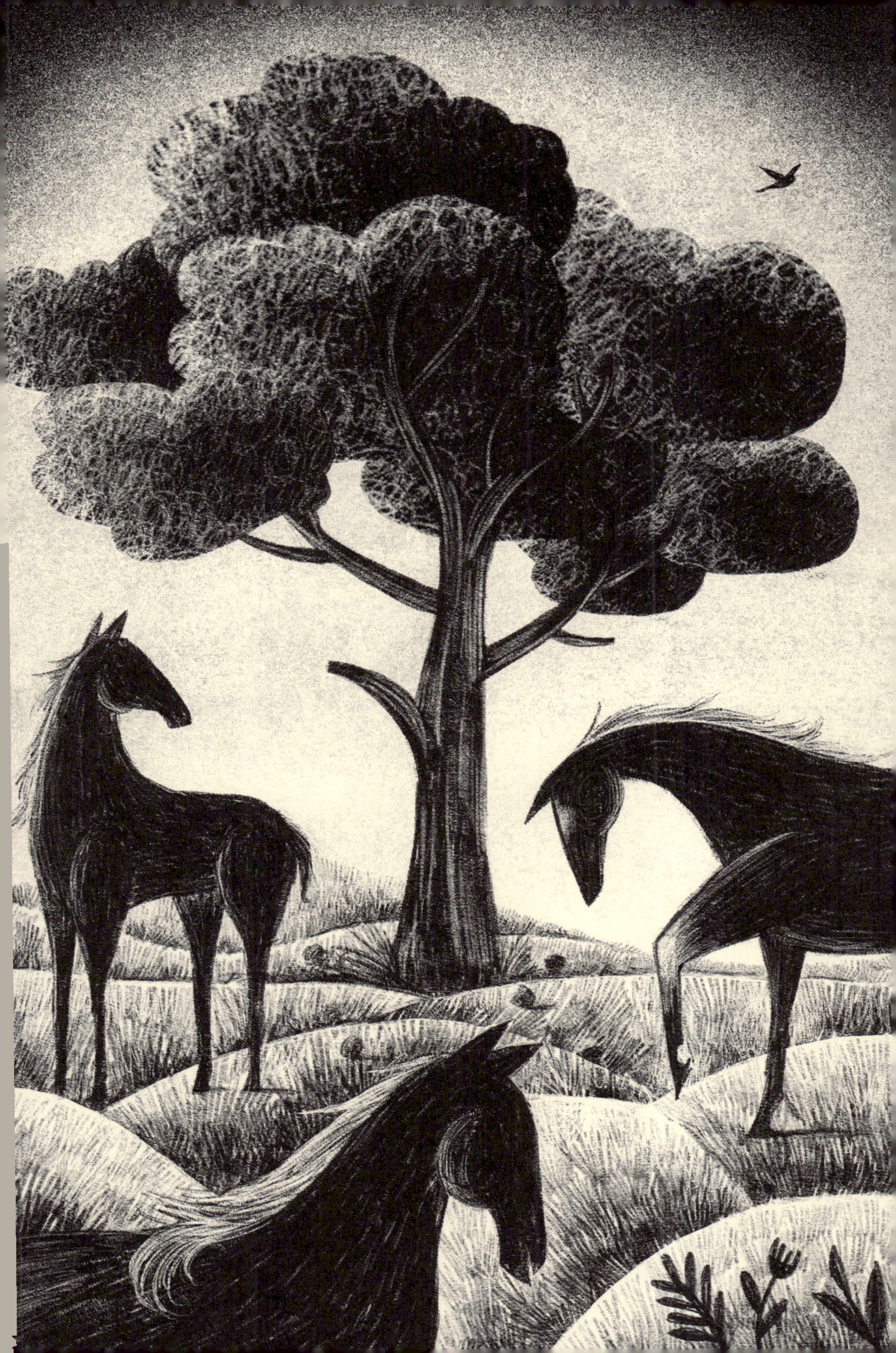

seria perigoso suprimi-las. John acha conveniente que os potros sejam domados de olhos livres, e não vendados, como fazem, e afirma que em muitos países estrangeiros é assim que se faz. Ora, pois, as coisas não vão tão mal como vocês aí estão dizendo, pelo menos aqui. E sabem? O vento fez cair várias maçãs daquela macieira lá adiante. Vamos a elas.

Todos galoparam para lá e de fato encontraram na relva muitas deliciosas maçãs derrubadas pelo vento.

# XI

# Sinceridades

Quanto mais tempo eu passava em Birtwick mais gostava daquele lugar. Os nossos donos eram respeitados e queridos por toda a gente das redondezas. Tinham uma larga bondade que se estendia a todos os seres, inclusive cavalos, burros, cães, gatos e passarinhos. Não existia criatura aflita que neles não encontrasse simpatia – e os empregados os imitavam. Qualquer malfeitoria contra qualquer ser vivo que fosse denunciada no castelo recebia corretivo. O barão, bem como Mr. Grey, o agricultor vizinho, trabalhavam juntos havia mais de vinte anos para abolir o estúpido uso da falsa-rédea, de modo que em nosso distrito era raro ver um caso. Quando o barão encontrava na estrada alguém insistindo nessa moda, detinha-se e discutia com suavidade e persuasão. Em regra, conseguia conquistar um novo adepto.

Certa manhã, em que andava a passeio montado em mim, viu aproximar-se um *cab* puxado por um belo potro zaino, de pernas nervosas e inteligente cabeça altiva. Chegando ao portão do parque o potro guinou para ele. Sem uma palavra de aviso, sem mais nem menos, o homem deu tal puxão na rédea que o animal quase caiu para trás. E, chicote em cima, chibatou-o furiosamente. O potro, estimulado pelas chicotadas, avançou para a frente, mas o homem prendeu de todo as rédeas e continuou no chibatamento.

Com o queixo torturado pelo freio e com os flancos cortados a chicote! Senti-me horrorizado, porque sei o que é freio de ferro e sei o que é chicote.

Meu dono trotou ao seu encontro.

– Olá, Sawyer, está você convencido de que esse animal é feito de carne e osso?

– É feito de carne, osso e mau gênio! – respondeu o homem. Gosta de agir como lhe dá na telha, e não admito – falou encolerizado.

Sawyer era um arquiteto que muitas vezes aparecia a negócios no castelo.

– Mas julga então que um tratamento desses vai melhorar o gênio do animal?!

– Ele não devia ter guinado para o portão. Não movi a rédea. Devia ter seguido firme para a frente.

– É que muitas vezes você tem virado nesse ponto, quando se dirige ao castelo. O fato de por si mesmo ter ele guinado só prova que o potro tem boa memória e boa vontade. Quis ser amável com você, só isso. Mas não importa. O caso é que com esse ato você acaba de demonstrar-me ser homem de paixões violentas. Ora, isso mais prejudicou a si do que ao animal. Lembre-se que somos julgados pelos nossos atos e nossas obras.

Depois desse incidente meu dono regressou para casa a passo lento, e pude sentir quanto o entristecera aquela brutalidade inútil. É um coração extremamente sensível.

Outra ocasião em que me montava, encontrou-se com o major Langsley, seu amigo, que conduzia uma carroça puxada por bela parelha de cavalos pampas. Depois dos cumprimentos o major indagou:

– Que acha da minha nova parelha? Como o senhor é o maior entendido em cavalos do nosso distrito, eu gostaria de ter a sua opinião.

O barão recuou uns passos para ver a parelha no conjunto.

– É ótima – disse afinal. – Perfeita. Justamente por isso não deve o amigo insistir nessa moda de cabeça alta, que só serve para atormentar e destruir o vigor dos animais.

– Vejo que não desiste da sua velha campanha – respondeu o major, rindo-se. – De fato, gosto deste estilo. Gosto de ver meus cavalos de cabeça alta. Dá-lhes uma bela imponência.

– Eu também – respondeu o barão. – Também acho lindo um cavalo de cabeça erguida, mas quero-a erguida livremente e nunca à força. Isso os tortura e mata-lhes o brio. O senhor é militar, Mr. Langsley, e naturalmente gosta de ver seus soldados em forma bem tesos e de peito à frente; mas não teria boa fama de instrutor se os assistentes vissem que os seus soldados estavam assim porque tinham cordas que por trás lhes retesassem o corpo forçadamente. Numa parada, isso não traria graves inconvenientes, a não ser o mal-estar causado aos seus homens, mas e numa batalha, quando se tornam necessárias todas as energias e máxima liberdade de movimentos? Por melhores que fossem os seus soldados, e por mais hábil que fosse o capitão, eu não apostaria na vitória.

– O mesmo sucede com os cavalos – continuou. – O senhor atormenta a sua parelha, tira-lhes o ardor e os impede de trabalhar com alegria. Convença-se, major, que a intenção do Criador foi que os cavalos tivessem as cabeças tão livres como as temos nós. Se agíssemos mais atentos ao bom senso do que às modas, tudo correria melhor neste mundo. O senhor sabe tão bem quanto eu que, se um cavalo assim peado der um passo inseguro, não poderá corrigir-se tão prontamente como estando com o pescoço livre.

O major refletiu por alguns instantes e acabou concordando.

– A sua teoria parece-me justa, senhor barão. Esse argumento dos soldados na batalha é forte. Vou ponderar sobre o assunto. Adeus.

# XII

# Dia tempestuoso

Lá pelo fim do outono, Mr. Gordon teve de empreender uma viagem de negócios. Fui atrelado ao cabriolé e John tomou as rédeas. Sempre gostei de puxar aquele cabriolé, tão leve e de rodas tão ligeiras. Tinha chovido bastante naquele dia e ventava forte, com muita folha seca a amontoar-se pela estrada. Partimos alegremente, e nesse estado de espírito chegamos até o rio.

O rio passa fundo ali, e a ponte de madeira segue o nível do terreno, sem o clássico abaulado das pontes, de modo que nas ocasiões de cheia as águas quase tocam nas vigas-mestras.

Era ali a barreira, e o guarda contou-nos que o rio estava a encher-se rapidamente, sendo de temer tempo péssimo durante a noite. Já havia zonas dos campos vizinhos alagadas, e nos pontos mais baixos, além da ponte, a água cobria o caminho por dois, três palmos. Mas o leito da estrada mantinha-se firme, de modo que com cautela vencemos todos os maus passos.

Chegando ao destino recebi uma boa ração, e comi com extremo prazer, enquanto Mr. Gordon cuidava dos seus negócios. Partimos de volta logo depois, e já um tanto tarde. O vento crescia, ameaçador, e ouvi o barão dizer a John que nunca estivera exposto a uma tempestade como a que se anunciava. As árvores eram sacudidas com extrema violência, não raro pendendo galhos lascados. Barulho ensurdecedor. Uivos de ventania.

– Que bom se já estivéssemos fora desta mata! – murmurou o barão.

– Não há dúvida. Se nos cai em cima uma árvore, ou um galho... – advertiu John.

Mal acabara ele de pronunciar essas palavras, ouvi como um gemido de dor e, depois, um estalo forte e um estrondo. Uma carvalheira arrancada pela raiz desabou fragorosamente atravessada no caminho, bem à nossa frente. Não direi que senti medo. Detive-me, porém, e tremi. Meu corpo tremeu. Mas não disparei, nem me voltei. Comportei-me como um cavalo bem-treinado. John saltou, vindo colocar-se na minha frente.

– Irra! Quase que nos apanha! – exclamou o barão. – E que fazer agora?

– Não podemos passar por cima deste tronco, nem dar a volta disse John. – O único recurso é retornar até a encruzilhada e tomar outro caminho. Légua e meia. Vai atrasar-nos a viagem, mas o cavalo aguenta, não está cansado.

Assim fizemos. Chegamos à ponte quase noite. O rio enchera, e a ponte estava coberta de água, o que só acontecia excepcionalmente nas grandes inundações. Tinha ela boas grades, de modo que meu dono não se deteve. Fez-me avançar. Quando penetrei na ponte, senti qualquer irregularidade que me fez parar.

– Vamos, Beleza Negra! –, gritou o barão batendo-me de leve com o chicote. Resisti. Senti perigo e recusei-me a avançar. Ele insistiu. Deu-me outra chicotada. Continuei a resistir.

– Há qualquer coisa, senhor – sugeriu John, e pulando do cabriolé pôs-se à minha frente, a puxar-me. – Vamos, Beleza Negra! Que tem você hoje?

Eu resistia, sentindo que a ponte não estava segura. Mas como fazer-me entendido? Só havia um meio: resistir. E resisti.

Estávamos nisso quando o homem da barreira, que morava do outro lado, saiu de casa e veio correndo em nossa direção com uma lanterna acesa.

– Eh! Parem aí! – gritou de longe.

– Que há? – indagou o barão.

– A ponte está rompida. Se avançam mais um passo, é a morte.

– Oh, meu Deus! – exclamou o barão. – Beleza Negra salvou-nos, este abençoado. Puxe-o para trás devagarinho, John.

John obedeceu e breve nos vimos fora daquela armadilha.

Caíra a noite, e a ventania começava a amainar. Noite cada vez mais escura e silenciosa. Trotei calmamente pelo caminho que ladeava o rio, sem ouvir os meus homens pronunciarem uma só palavra. Foi meu dono, afinal, quem rompeu o silêncio e sua voz era grave e séria.

Pôs-se a filosofar que se as coisas tivessem seguido como ele quisera, estaríamos naquele momento mortos no torvelinho das águas. Disse que Deus dera aos homens o raciocínio, a razão que os guia; mas aos animais também dera faculdades que, embora diferentes do raciocínio, agiam com mais segurança e presteza. Daí serem os homens muitas vezes salvos pelo instinto dos animais. John puxou várias histórias de cães e cavalos verdadeiramente maravilhosas e que documentavam o que o barão dissera, concluindo que em geral os homens não estimavam suficientemente os animais, nem lhes davam a atenção merecida. Felizmente com eles não era assim.

Alcançamos por fim o portão do castelo, onde vimos o jardineiro à nossa espera. Contou logo que a baronesa estava preocupada com a demora e com medo de que houvesse acontecido algum desastre. Em virtude disso, mandara Tiago, montado no Justice, em direção à barreira, a fim de saber notícias.

O castelo estava iluminado. A baronesa, ouvindo o tropel, surgiu logo à janela, aflita.

– Não aconteceu nada, Gordon? Oh, fiquei numa aflição imensa, a imaginar as coisas mais horríveis.

– Nada aconteceu, minha querida, e nada aconteceu graças ao Beleza Negra. Não fosse a sua prudência e seríamos tragados pela correnteza. Ele nos salvou a vida.

O barão entrou e nada mais ouvi. John levou-me para a baia. Que ceia deliciosa tive! Farelo abundante, aveia, favas. E também uma cama de palha nova, que apreciei muito porque me sentia bastante cansado.

# XIII
# A marca do Diabo

Um dia, John saiu montado em mim a negócios do barão. Quando voltávamos, encontramos no caminho um rapaz tentando à viva força obrigar o seu potro a saltar por cima duma cerca muito alta. O pobre animal não podia fazer aquilo, e o desalmado dava-lhe forte com espora e chicote. Depois apeou e, agarrando-o pelo freio, deu-lhe valentemente na cabeça com o cabo do chicote. Montou de novo e insistiu no salto, cravando-lhe as esporas nas ilhargas.

O potro não suportou mais aquela insensatez. Corcoveou e arremessou o cavaleiro para cima duma moita de espinhos. Em seguida, galopou vazio para casa.

John riu-se gozadamente.

– Toma! – exclamou radiante.

– Socorro! – gritava o rapaz, lutando para desembaraçar-se do espinheiro. – Venha ajudar-me a sair daqui.

– Não! – disse John de bom humor. – Está você onde merece, e talvez esses espinhos lhe ensinem que os cavalos não foram feitos para pular sebes da altura dessa aí. Adeus. Arrume-se e crie juízo.

John disse isso e seguiu caminho a rir, falando a meia-voz:

– Aquele rapaz há de ser tão mentiroso quanto é mau. Vamos passar pela casa de seu pai, a quem contaremos o que vimos.

Tocamos para lá e John sofreou a rédea defronte de uma casa de lavradores. Uma senhora apareceu logo, assustada, seguida do esposo.

– Não viu por aí meu filho? – perguntou ele. – Faz uma hora que saiu no potro negro, o qual acaba de voltar sozinho.

– Vi, sim – respondeu John –, e acho que o cavalo fez muito bem de voltar sem cavaleiro no lombo. Quem não sabe lidar com animais não monta.

– Que quer dizer com isso?

– Quero dizer que vi seu filho castigando estúpida e cruelmente o pobre animal só porque ele não podia saltar uma sebe de quase dois metros de altura.

O potro portou-se muito bem, Mr. Bushby, fez o que devia, resistiu, não pulou. Mas como o rapaz insistisse na loucura, plantou-o por terra, e lá caiu ele sobre uma moita de espinhos. Gritou socorro, quis que eu o ajudasse a safar-se. Não fiz nada disso. Não está de ossos quebrados e sim apenas com uns arranhões muito merecidos. Gosto dos cavalos e não suporto que os maltratem em minha presença. Faço votos para que seu filho aproveite a lição.

A mãe do rapaz rompeu em choro.

– Coitado do meu William! Temos que ir acudi-lo. Quem sabe se está seriamente machucado.

– Qual, nada! – disse o marido. – William estava precisando de uma boa lição. Não é a primeira vez que me maltrata o potro e isso há que ter fim. Foi bem-feito. Obrigado, John Manly. Fez muito bem de não acudir ao garoto. Quem faz deve pagar. Adeus.

Continuamos a viagem alegremente. Em casa, John narrou o incidente a Tiago, que se riu com muito gosto e disse:

– Boa lição. Conheci aquele rapaz na escola. Dava-se ares de grande importância por ser filho de um proprietário. Bancava o valente e batia nos mais fracos. Só respeitava os que tinham músculos valentes. Um covarde. Lembro-me que um dia o encontrei na janela, estripando moscas e arrancando-lhes as asas. Assentei-lhe um pé-de-ouvido que o botou por terra, azoado.

Como chorou e gritou, o sem-vergonha! Acudiram os meninos todos e o mestre, certos de que tinha havido no mínimo um homicídio. Contei-lhes o que se passara, mostrando as numerosas moscas que ele aleijara, ainda a se arrastarem no peitoril da janela.

O mestre ficou furioso e colocou-o pelo resto da tarde de castigo num banco, e ainda lhe cortou o recreio por três dias. Depois fez uma preleção aos meninos sobre a crueldade para com os animais, frisando que era dureza de coração e covardia pura abusar da fraqueza, fosse ela qual fosse. Disse, lembro-me bem, que a crueldade é a marca do Diabo, e que se encontrássemos alguém sentindo prazer na crueldade podíamos ficar certos de tratar-se duma criatura marcada pelo Diabo. Já os bondosos, tanto para com os homens como para com os animais, esses trazem a marca de Deus, que é todo amor.

– Esse mestre nunca ensinou aos meninos coisa mais certa – concluiu John. – Não há religião sem amor. As pessoas podem dizer o que for da sua religião, mas se ela não lhes ensina a bondade para com os homens e os animais, então não passa de puro fingimento. E o fingimento, meu caro Tiago, não se mantém. Acaba traindo-se, denunciando-se, pondo a cauda à mostra. Quem tem a marca do Diabo pode fingir o quanto queira: dia vem em que mostra o que é.

# XIV

# Tiago Howard

Certa manhã de dezembro, depois de concluído o exercício diário, John recolheu-me à estrebaria e já começava a tirar do meu lombo os arreios quando Mr. Gordon entrou, sério, com uma carta na mão.

– Bom dia, John – disse ele. – Tem você alguma queixa contra Tiago?

– Contra Tiago? Queixa? Nenhuma.

– Tem-se mostrado diligente no serviço, respeitador?

– Sempre.

– E não notou se relaxa o serviço quando você vira as costas?

– Nunca me aconteceu notar isso.

– Está bem. Outra pergunta: quando ele sai com os cavalos, a recados ou para treino, não notou se para a falar com seus conhecidos ou se entra em casas deixando os animais na porta?

– Não me consta nada disso. Se andam dizendo dele tais coisas há de ser intriga, e eu só acreditaria se o visse. Nunca tive aqui melhor auxiliar; é prudente, esforçado, amigo dos animais. Confio na sua palavra e gosto do seu trabalho. Não tenho nada, nada a dizer contra o seu caráter, e quem quiser conhecer esse homem que venha pedir informações a John Manly.

Enquanto John falava, Mr. Gordon permanecia sério e atento, mas logo que a defesa chegou ao fim seu rosto expandiu-se numa expressão satisfeita. Voltou-se para Tiago, que havia estado à porta esperando o resultado daquilo e disse:

– Tiago, largue dessa aveia e venha cá. Estou muito contente de ver que a opinião de John a seu respeito coincide com a minha. John sabe o que diz e não dá sobre ninguém opinião com leviandade. Vamos ao caso. Recebi uma carta do meu cunhado, Mr. William Clifford, do castelo de Clifford. Quer ele que eu lhe arranje um cocheiro moço, fiel, inteligente e hábil no ofício. O cocheiro do castelo está lá há trinta anos e necessita de um moço ao lado a quem ensine as particularidades da tarefa, de modo que venha a ser o seu sucessor logo que se aposente, o que não está longe. O salário consta de dezoito xelins por semana para começar, roupas de trabalho, libré, quarto de dormir em cima da cocheira. E também um ajudante. Mr. Clifford é um bom patrão, e se você consegue o lugar será um achado. Sinto muito sua saída daqui, porque sei que é o braço direito de John.

– Lá isso é verdade – concordou John –, mas por coisa nenhuma devo opor-me a um passo que representa para ele melhoria de situação.

– Que idade tem você, Tiago?

– Vou fazer dezenove em maio próximo.

– Muito criança ainda. Que acha, John?

– Na verdade é, mas tem resolução e qualidades de um homem feito. Valente de músculos, bem desenvolvido e, embora sem grande experiência em guiar carruagens, possui mão firme e leve, olhos vivos e muita prudência. Estou convencido de que nenhum cavalo em suas mãos se estragará por falta de trato inteligente.

– A sua opinião me vale muito, John – concluiu Mr. Gordon, porque há nesta carta a seguinte nota: "Se puderdes achar um homem treinado pelo vosso John, seria ótimo". – E voltando-se para Tiago: – Pois, meu rapaz, pense nisso; fale com sua mãe e, depois de bem pensada a decisão, me comunique.

Dias depois dessa conversa, ficou assentado que Tiago iria para o castelo de Clifford no prazo de seis semanas; nesse período teria de praticar intensamente a condução de carruagens.

Nunca houve tanto movimento de carros por ali como nessas seis semanas. Todos os dias sem exceção. Eu e Wasp éramos os atrelados, e para a boleia ia sempre o Tiago. Nos começos John o acompanhava; depois seguia sozinho.

Passei por grande número de lugares desconhecidos. Ruas esquisitas e muito movimentadas. Íamos à estação à hora da chegada dos trens. Para lá chegar, tínhamos de atravessar uma ponte, sempre cheia de veículos naquelas horas. Só se arriscavam a isso as carruagens conduzidas por bons cocheiros e servidos de animais muito seguros. Tiago deu conta perfeita da sua capacidade. As seis semanas de prática diária tornaram-no um veterano.

# XV

# O velho cocheiro

Entre os passeios que fiz nesse período, devo relembrar uma visita de Mr. Gordon e sua senhora a uns amigos longe dali umas doze léguas. No primeiro dia viajamos oito. Havia subidas um tanto ásperas, mas Tiago nos guiou com tanta perícia que não nos fatigamos. Não esquecia de usar os breques nas descidas, nem de soltá-los logo que entrávamos no plano; e se o declive era muito prolongado, fazia-o em ziguezague para que não nos excedêssemos na marcha. Todas essas pequenas coisas muito ajudam a um cavalo, sobretudo se são acompanhadas de estímulos amigos.

Tivemos pelo caminho duas ou três paradas de descanso e por fim, ao pôr do sol, alcançamos a cidade onde tínhamos de passar a noite. Fomos para o hotel principal, um edifício enorme na praça do Mercado, e por uma bela arcada penetramos no pátio onde ficavam as estrebarias e mais dependências. Dois homens vieram nos desatrelar. Um deles, de pequeno porte e pernas tortas, trazia um colete listado de amarelo.

Nunca vi presteza maior; num ápice tirou-me os arreios e com uma palmada na anca e duas palavras alegres levou-me a uma estrebaria de seis divisões, onde vi três ou quatro colegas. O companheiro desse homenzinho tomou conta de Wasp. Tiago fiscalizava o serviço. Nunca fui escovado com tanta delicadeza e rapidez como pelo homenzinho. Tiago veio examinar o serviço, apalpou-me, correu a mão pela minha pelagem e nada achou a dizer.

– Pensei que eu fosse rápido nesse serviço – declarou ele admirado –, e que o nosso John ainda mais; vejo, porém, que o senhor nos bate longe.

– A prática aperfeiçoa os homens – respondeu ele –, e seria o diabo se não fosse assim. Tenho quarenta anos de tarimba nesta arte. Isto de fazer bem-feito e depressa é questão de hábito. E a gente acaba vendo que é mais fácil ser ligeiro do que vagaroso. Comigo é assim. Não me faz bem à saúde e aos nervos levar dez minutos num serviço que posso fazer em cinco. Tenho lidado com cavalos desde os doze anos, cavalos de caça e cavalos de corrida. Em menino fui jóquei, mas nas corridas de Goodwood a pista estava certa vez muito lisa, e o meu pobre Larkspur caiu. Quebrei a perna e tive de mudar de profissão. Estando muito afeito aos cavalos e não podendo viver longe deles, passei a trabalhar nas cocheiras dos hotéis.

E depois, referindo-se a mim:

– É um prazer lidar com um cavalinho destes! Bem-tratado, bem-educado, inteligente. Examino um animal dez minutos e já posso fazer a biografia do seu tratador. Veja como este é dócil. Atende a tudo que a gente pede, volta-se para todos os lados, levanta os pés a um sinal. Às vezes aparecem-me aqui animais inquietos, impacientes, denunciando pelo nervosismo e constante movimento das orelhas que estão amedrontados. Pobres bichos! Tudo no cavalo depende do trato no começo. Os homens é que fazem os animais. São, os coitados, como as crianças, uma cera mole que a gente amolda. Ah, se todos tivessem o bom trato que estou adivinhando nestes...

– Gosto de ouvi-lo falar – disse Tiago satisfeito. – Lá em casa todos sabem compreender e lidar com os animais.

– Como se chama o seu patrão, moço? Parece-me um excelente homem, a avaliar pelos cavalos que tem.

– Mr. Gordon, do castelo de Birtwick, para lá de Beacon.

– Ah, sei. Já ouvi falar dele como grande conhecedor de animais e o melhor cavaleiro da zona.

– E assim é – confirmou Tiago. – Agora, porém, está pesadão da idade e monta pouco, sobretudo depois da morte do filho.

– Sei, sei, li a notícia do desastre. E o cavalo também se perdeu?

– Também, e foi pena. Um animal excelente, irmão deste e da mesma estampa. Ver um era ver o outro.

– Conheço o lugar do desastre – disse ainda o homenzinho. – Lugar péssimo para saltos por causa do declive para o rio. Eu gosto de andar pelos lugares arriscados; há, porém, certas coisas, sobretudo certos pulos, que nenhum velho caçador dá, pois, como diz o ditado, a vida de um homem e a de um cavalo valem mais que a cauda de uma raposa.

Durante essa prosa, o outro cocheiro concluiu o trato de Wasp e trouxe-me aveia. Tiago e o homenzinho saíram juntos da estrebaria.

# XVI

# O incêndio

Naquela noite, logo depois, entrou para ali o cavalo de um novo hóspede e enquanto o escovavam apareceu um rapaz de cachimbo na boca.

— Towler — disse-lhe o tratador —, suba ao celeiro e ponha-me uma ração de feno no cocho. Mas faça o favor de largar do cachimbo, sim?

O rapaz obedeceu. Subiu. Ouvi-lhe os passos sobre o assoalho suspenso e depois o ruído de feno em braçadas que descia para o cocho gradeado. Tiago entrou para nos dar uma vista de olhos antes de recolher-se. Eu tinha trotado bastante naquele dia e estava cansado; dormi logo. De repente, despertei incomodado com qualquer coisa que não pude descobrir o que fosse. O ar, nublado e sufocante. Ouvi umas tossidas de Wasp. Os outros animais também pareciam inquietos. Muita escuridão; apesar disso aqueles cômodos pareciam invadidos pela fumaça. Minha respiração tornava-se difícil. O alçapão que havia no celeiro fora deixado aberto e parecia-me que era de lá que vinha o fumo. Pus-me à escuta. Um barulho surdo, um ronco ameaçador e crescente. Tão estranho e novo nos parecia aquilo que começamos a ficar apavorados.

Finalmente ouvi passos fora, e logo depois apareceu de lanterna em punho o cocheiro que lidara com o cavalo do último hóspede. Começou a tirar os animais das baias com tanta precipitação que ainda mais me assustei. Mas os animais recusavam-se a sair. Tentou a mesma coisa com vários, inutilmente, e depois se veio a mim. Contagiado pela resistência dos outros, também resisti. O homem, desanimado, retirou-se.

É certo que fomos muito tolos; mas havia um perigo desconhecido a nos rodear e não podíamos ter confiança num homem estranho. Ar só tínhamos o que entrava pela porta escancarada, mas o rumor e a fumaceira que vinha de cima crescia. De repente vislumbrei clarões vermelhos, e quase ao mesmo tempo ouvi um berro fora: "Fogo!". Em seguida, apareceu-nos o homenzinho de pernas tortas, sempre calmo embora apressado e começou a tirar um por um os cavalos das baias. As chamas do celeiro já desciam em grandes línguas pela abertura do alçapão.

Ouvi a voz de Tiago, serena como sempre.

– Meus amigos, é tempo de sairmos – veio dizendo ele. – Vamos, Beleza, deixa-me pôr-te o freio. Vamos sair calmamente desta fumaceira.

Pôs-me o freio e, tirando do pescoço um cachenê, passou-me sobre os olhos, atado; deu-me umas palmadas amigas e levou-me dali. No pátio tirou-me dos olhos o cachenê[6] e gritou:

– Segure-me alguém este cavalo enquanto vou buscar o outro! Um homem alto tomou-me pelo freio e Tiago voltou de corrida às estrebarias. Não pude reter um relincho quando ele me deixou. Mais tarde Wasp me disse que esse relincho fora a melhor coisa que lhe acontecera, pois se não o tivesse ouvido não ousaria sair de lá.

Muita confusão ali no pátio; cavalos eram trazidos de todas as baias, carruagens e arreios eram tirados de dentro dos depósitos e mais dependências, pois havia o receio de que o incêndio

---

6 Cachenê: faixa comprida de tecido para envolver o pescoço; um tipo de cachecol.

se propagasse. De todos os lados abriam-se janelas apinhadas de gente. Exclamações e comentários nervosos. Fixei os olhos na porta das estrebarias de onde a fumaça jorrava espessa, em rolos, já com súbitos jatos de chamas. Em certo momento, distingui no tumulto a voz de Mr. Gordon:

– Tiago! Tiago Howard! Onde anda você? – gritava ele.

Não houve resposta. Um estrondo lá dentro, que me assustou, mas logo depois dei um relincho de alegria. Tiago vinha saindo da fumaceira com Wasp pela rédea, tossindo muito ambos, como que sufocados.

Mr. Gordon adiantou-se para ele, pondo-lhe a mão sobre o ombro:

– Meu valente rapaz! Não se queimou?

Com um gesto de cabeça Tiago respondeu que não. O sufocamento ainda o impedia de falar. O homem alto que me segurava disse:

– Realmente. Está aí um rapaz de mérito. Sabe ser calmo e valente.

– Temos que sair daqui o mais depressa possível – disse Mr. Gordon. – Está ficando um inferno.

Fomos para a rua. Ao entrarmos na grande praça do Mercado, ouvi um tropel desenfreado, de mistura com estrépito de rodas nas pedras do calçamento. Eram os carros dos bombeiros.

– Dirigimo-nos para o extremo da praça, onde não havia movimento nenhum. Mr. Gordon procurava outro hotel. Encontrou-o ali mesmo. Falou com o encarregado da cavalariça e nos deixou lá. Depois dirigiu-se à gerência. Nunca vi meu dono andar tão depressa como naquela noite.

Íamos entrando nas baias do segundo hotel quando nos chegou aos ouvidos um estrondo horrendo, seguido de urros de dor dos cavalos esmagados que não haviam sido salvos a tempo. A impressão que tive foi das mais penosas.

Na manhã seguinte, Mr. Gordon veio ver-nos bem cedo e conversou com Tiago. Não ouvi o que disseram, mas notei pela satisfação do rapaz que Mr. Gordon o mimoseava com as melhores palavras de reconhecimento pela inteligência e presteza com que agira na véspera.

Mrs. Gordon assustou-se tanto com o desastre que o prosseguimento da viagem foi retardado até seus nervos se acalmarem. Ficando com a manhã livre, Tiago aproveitou-a para ir ver os nossos arreios e indagar do incêndio.

De volta ouvimo-lo dar suas impressões ao encarregado daquela cavalariça. A princípio ninguém atinara com a causa do fogo. Depois um homem contou ter visto Ricardo Towler subir ao celeiro de cachimbo na boca, e descer sem ele. Apurou-se que de fato um dos cocheiros mandara Towler subir ao celeiro para despejar uma ração de feno nos cochos gradeados, mas recomendando-lhe que não levasse o cachimbo. Ricardo negou ter levado o cachimbo. Ninguém lhe deu crédito. Tiago ainda contou que o celeiro havia desabado, matando dois pobres cavalos que não puderam ser socorridos a tempo.

Lembrei-me então da insistência de John Manly em não permitir que ninguém entrasse nas suas estrebarias de cachimbo na boca.

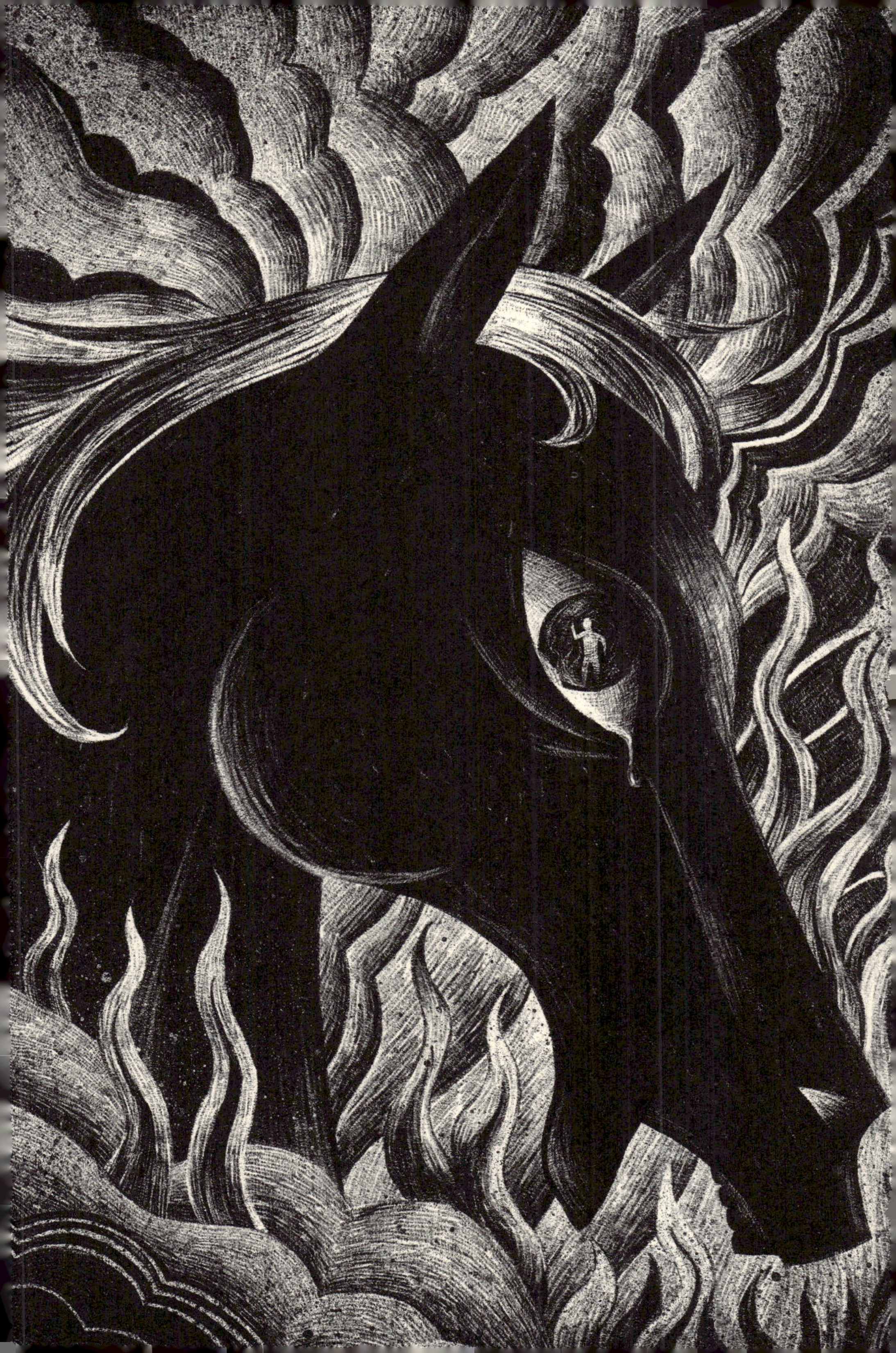

# XVII

# Teorias de John

O resto da viagem correu sem incidentes. Chegamos à casa do amigo de Mr. Gordon ao pôr do sol. Fomos levados a uma estrebaria muito cômoda e limpa, onde um amável cocheiro nos tratou gentilmente e se encheu de assombro com os detalhes do incêndio contados por Tiago.

– Uma coisa é certa, moço – disse ele. – É que os cavalos sabem muito bem em que pessoas confiar. Uma das proezas mais difíceis deste mundo é arrancar os animais das baias quando há fogo ou inundação. O pavor os inibe. Em vinte há um que sai. Você teve uma sorte inacreditável conseguindo tirar fora os dois.

Três dias passamos ali; por fim retornamos. Tudo correu bem na viagem, e foi com muita alegria que reentramos em nossos cômodos e revimos a cara amiga de John.

Conversaram longamente sobre as peripécias da jornada, ele e Tiago, e à noite este indagou:

– Queria muito saber quem me vai substituir aqui.

– Já está decidido. Tomaremos o Aldous Green.

– O filho do porteiro? Mas é uma criança!

– Não tanto assim. Já vai caminhando para os quinze.

– Mas o tamanhinho...

– Pequenote, é verdade, mas rijo e ligeiro, além de dotado de bons sentimentos e desejoso de começar a vida. O pai também quer e sei que o patrão ficará satisfeito da escolha. Em todo o caso a escolha não é definitiva. Quero experimentá-lo por um mês ou dois.

— Dois meses! Isso vai dar a você muito trabalho, John. John Manly riu-se com gosto.

— Pois eu e o trabalho somos velhos amigos, não sabe? Nunca tive medo do trabalho.

— Você é a flor das criaturas, John. A tomar um modelo eu não escolheria outro.

— Não costumo falar de mim mesmo a ninguém — disse Manly —, mas como você vai retirar-se devo abrir-me e dizer o que penso sobre várias coisas. Tinha eu exatamente a idade do Aldous quando meus pais morreram numa epidemia, com intervalo de semana um do outro; fiquei só no mundo com a Helen, minha irmã aleijada, sem um parente com o qual pudéssemos contar. Como trabalhador agrícola que eu era, meu trabalho não bastava para o sustento de duas pessoas, e a pobre da Helen teria de ir parar num asilo se a nossa patroa, que é um anjo, não interviesse. Alugou-lhe um quarto na casa da viúva Mallet, deu-lhe bordados a fazer e outros trabalhos, e mandava-lhe ainda comida e mais coisas; carinhos de mãe. O patrão, que é outra bondade em pessoa, colocou-me aqui para que fosse aprendendo o ofício com o velho Norman. Ora, o velho Norman, conceituado como era, bem que podia ter-se recusado a aceitar um rapazinho que vinha do campo e tudo tinha de aprender. Não recusou; aceitou-me e tratou-me como um segundo pai.

Anos mais tarde, morrendo Norman, tomei naturalmente o seu posto; hoje ganho bom salário, que me permite fazer um pé-de-meia para a velhice, e Helen é o que você sabe, uma criatura feliz como um pássaro. Como vê, vou fazer ao pequeno Green o que Norman fez a mim. Na vida, esta mão lava aquela. Sentirei muito a sua falta, Tiago, mas cada um tem o dever de cuidar de si e progredir. Nada como fazer o bem sempre que a oportunidade se apresenta, e eu me sinto contente de poder adestrar o meu novo ajudantezinho.

– Quer dizer – observou Tiago – que você não pratica aquele ditado: "Cada qual cuide de si".

– Decerto que não. Onde estaríamos nós, eu e Helen, se o patrão e o velho Norman praticassem esse ditado? Ela, a coitada, num asilo, e eu, lavrando a terra como um bruto. E onde estariam o Beleza Negra e a Wasp, se você só cuidasse de si? Mortos no incêndio. Não, Tiago. Esse é um ditado egoísta e cruel, verdadeiramente bárbaro. Quando o vejo praticado por alguém, lamento que não houvessem afogado esse alguém logo ao nascer, como fazem aos cachorrinhos. É assim que penso – concluiu ele com um gesto decisivo de cabeça.

Tiago riu-se, para disfarçar a emoção.

– Você foi o meu melhor amigo depois de minha mãe – disse por fim. – E espero que nunca se esqueça do companheiro.

– Jamais. Se algum dia em alguma coisa o possa ainda servir, venha a mim que encontrará o John Manly de sempre.

No dia seguinte, o pequeno Aldous Green apareceu muito cedo para entrar em funções. Aprendeu a varrer as estrebarias, a transportar palha e feno, a engraxar os arreios, a arear os metais, a lavar os carros. Sendo de muito baixa estatura para nos escovar, Tiago treinou-o no Flying, que era outro catatau. Vi logo que se tratava dum menino vivo e de bons costumes – e além do mais, o que é uma grande qualidade, alegre no trabalho. Vivia assobiando.

Flying não gostou muito de ver-se cuidado por um inexperiente; ao fim de uma semana, porém, confessou-me que o rapazinho daria conta do recado.

Chegou finalmente o dia em que Tiago ia deixar-nos; apareceu-nos triste, ele que era a alegria personificada.

– Você sabe – disse a John – o que deixo por aqui: você, Helen, os patrões tão bons e estes cavalos aos quais tenho amor. Lá para onde vou não conheço ninguém, e se não fosse a necessidade de progredir na vida, a fim de melhor ajudar minha mãe, nunca pensaria em deixar Birtwick. É duro...

– Compreendo – respondeu John. – Mas é esse o caminho certo. Coragem. Lá você fará amigos, como os fez aqui, e sua mãe se sentirá orgulhosa de ver que o filho vai progredindo como merece.

A saída de Tiago entristeceu-nos a todos. Flying, acostumado com ele, chegou a perder o apetite. John teve de vir com mimos especiais para levantar-lhe o ânimo. Só duas semanas depois voltou ao que era.

O pai de Aldous, que tinha prática do serviço, vinha às vezes ajudar o filho – e tudo foi, desse modo, reentrando nos eixos.

# XVIII

# Visita do médico

Uma noite, pouco depois da retirada de Tiago, estava eu deitado na minha cama de palha, no melhor dos sonos, quando um toque violento da campainha me despertou. Vi em seguida abrir-se a porta da casa de John Manly, o qual se dirigiu correndo para o castelo, visto que o toque era de urgência. Segundos depois voltava com a mesma pressa. Veio ter comigo.

– Acorda, Beleza Negra. Temos necessidade das tuas pernas – e num instante me selou. Correu depois a enfiar o paletó, e levou-me pela rédea até a porta do castelo, onde Mr. Gordon o esperava, de lanterna em punho.

– Corra à casa do doutor White – disse o patrão –, e entregue-lhe este bilhete. Vá no galope, que disso depende a vida de minha senhora. Descanse o Beleza Negra na taverna e volte logo que possa.

O porteiro ouvira o sinal de alarme e já o abrira. John montou rápido e partiu à toda. Fomos num galope até a barreira. Lá John bateu precipitado à porta da casa do guarda, fê-lo vir abrir a porteira e recomendou-lhe que a deixasse assim, visto que o médico não tardaria a chegar. Pagou a taxa e deu-me rédeas.

Um extenso trecho de caminho plano estendia-se diante de nós ao longo do rio. John estimulava-me.

– Vamos, Beleza. Corre o quanto te derem as pernas.

Não foi preciso mais. Disparei por ali afora como um relâmpago, e assim por duas milhas. Meu avô, que venceu a corrida de Newmarket, duvido que fizesse a milha em menos tempo.

À entrada da vila, John puxou de leve as rédeas e deu-me palmadas no pescoço, sinal de que poderia seguir mais devagar. Mesmo assim creio que não moderei a marcha. O ar estava glacial, e a lua, muito límpida no alto; com um tempo assim é um prazer galopar. Atravessamos o vilarejo; depois, uma floresta escura; uma ladeira descampada agora, uma descida e, afinal, depois de oito milhas de avanço, alcançamos a cidade onde morava o médico. Fomos direto à praça do Mercado, naquela hora deserta. A cidade dormia. O relógio da torre bateu três horas quando John me afrouxou as rédeas à porta do doutor White. Saltou em terra; tocou duas vezes a campainha e, não satisfeito, bateu com o nó dos dedos, impaciente. Um vulto de gorro de dormir à cabeça assomou à janela.

– Quem bate? – indagou.

– Mrs. Gordon está passando mal, senhor, e o patrão pede a Vossa Senhoria que corra para lá imediatamente, porque o perigo é dos mais sérios. Mandou este bilhete.

– Espere aí – foi a resposta.

O médico fechou a janela e instantes depois abria a porta.

– O problema – disse ele – é que ontem ocupei muito o meu cavalo de sela, que ficou bastante cansado. O outro, que tenho de reserva, não está aqui, meu filho o levou. Como havemos de fazer? Posso ir nesse?

– Este também deve estar bem surrado porque viemos na disparada; além disso o patrão recomendou que o descansasse antes de voltar. O senhor resolva como entender.

– Bem. Voltarei nele e explicarei tudo a Mr. Gordon. Vou aprontar-me.

John ao meu lado dava-me palmadas no pescoço. O médico logo reapareceu, de chicote na mão.

– Inútil levar isso – observou John imediatamente. – Beleza Negra dispensa chicote. Sabe o que tem a fazer e correrá enquanto lhe restarem forças. Mas poupe-o o mais que puder, doutor, porque todos sentiríamos muito se lhe sucedesse alguma coisa!

– Não haverá perigo, John – sossegou o médico. – Espero que nada aconteça que te desagrade.

Pouco tenho a contar sobre a volta. O doutor pesava mais que John e não era um grande cavaleiro; mesmo assim fiz o que pude. O guarda da barreira conservara aberto o portão. Quando atingimos o caminho em declive, que leva diretamente ao castelo, o meu cavaleiro afrouxou as rédeas, dizendo: – Descansa um pouco na descida, meu caro! – e eu dei graças, porque estava exausto. Aquela folga encheu-me de vida nova. Logo depois chegamos ao parque.

Green abriu-nos o portão, e o meu tropel fez que Mr. Gordon aparecesse à porta do castelo. Não trocaram palavras. O doutor entrou com ele, e Green conduziu-me à estrebaria, onde reentrei com muita satisfação.

Os músculos das minhas pernas estavam com um tremor contínuo e eu não podia fazer outra coisa senão ofegar. Suor abundante exsudava do meu corpo inteiro, descendo pela pelagem em riozinhos. Eu vaporava que nem chaleira.

O pobre do Aldous Green não tinha ainda experiência do caso, nem podia recorrer a seu pai, que fora mandado à aldeia próxima. Ficou aflito ao ver sair de mim tanto vapor, como se me estivesse incendiando por dentro. Fez o que pôde, entretanto. Esfregou-me com um pano as pernas e o peito, mas esqueceu de colocar-me sobre o lombo a manta de lã, talvez com receio de ainda mais aumentar o fogo interno que me abrasava. Em seguida trouxe-me um balde d'água, que bebi com sofreguidão.

Logo depois comecei a tiritar com um frio estranho. Ansiei por John Manley, mas sabia que o caro amigo estava a muitas milhas distante. Sentia-me doente. Deitei-me na palha e esforcei-me por dormir. Não posso dizer quanto tempo passei assim. Finalmente John surgiu de brusco à porta. Deixei escapar um gemido surdo, porque estava sofrendo muito. John veio examinar-me. Pareceu adivinhar tudo. Cobriu-me com duas ou três mantas de lã e correu à sua casa, em busca de água quente. Preparou uma beberagem morna, que tomei. Depois disso, acho que dormi.

Durante o tratamento, John mostrou-se insatisfeito.

– Estúpido menino! – murmurava constantemente. – Não lhe pôs a manta e com certeza deu-lhe a beber água gelada. O estupidozinho...

Fiquei bastante mal. Os pulmões inflamaram-se, de modo que não podia respirar sem sentir dores. John mostrou-se incansável no meu tratamento; levantava-se de noite duas e três vezes para vir me ver. Mr. Gordon também se mostrou assíduo. Um dia ouvi-o dizer:

– Pobre do meu Beleza Negra, que me salvou a vida de Nelly!

Fiquei muito satisfeito de ouvir essa confissão, e mais ainda quando o doutor assegurou que se não houvesse acudido tão depressa o caso teria sido fatal. Meu papel, portanto, fora na realidade muito sério.

John disse ao patrão que jamais vira cavalo correr tão depressa.

Disse mais, que eu parecia ter consciência da minha missão.

E era verdade. Naquela noite eu senti lá por dentro que da minha velocidade dependia a vida de Mrs. Gordon.

# XIX
# Ignorância

Não posso calcular quanto tempo estive inutilizado pela doença. Mr. Bond, o veterinário, vinha ver-me diariamente. Certa vez me sangrou, ficando John a segurar o balde que recebia o sangue. Senti-me tão fraco depois disso que julguei ter chegado o fim de tudo – e suponho que todos na casa pensaram o mesmo.

Wasp e Flying haviam sido mudados para outras baias a fim de que não me incomodassem. A febre tornara-me muito sensível. Qualquer barulhinho me era doloroso. A finura dos meus sentidos aumentou muito. Pelo som do andar eu conhecia as pessoas de longe. Sabia, ou adivinhava tudo quanto se passava. Certa noite em que John tinha de dar-me um remédio, Thomas Green veio ajudá-lo. Terminada a aplicação, declarou que em meia hora começariam a aparecer os resultados. Thomas ofereceu-se para ficar de guarda, e foram os dois sentar-se num banco próximo.

Guardaram silêncio por uns minutos. Ao fim, Green falou:

– Preciso, John, que me fale ao Aldous umas palavras boas. O pobre menino está abatido, não come, dorme mal, não ri. Diz que tudo foi por culpa sua, apesar de ter feito o quanto lhe ocorreu de mais conveniente. Diz ainda que se Beleza Negra vier a morrer ele se julgará perdido, sendo bem capaz de fazer uma loucura. Isto me faz doer o coração. Quero que lhe dê uma boa palavra. O menino é bom e não tem culpa de ser inexperiente. Ninguém nasce sabendo.

Houve uma pausa. Por fim John respondeu:

— Sei que ele não quis fazer mal ao cavalo, mas você não deve exigir muito de mim. Aldous não é mau rapaz, bem sei. Mas Beleza Negra é o meu orgulho, o meu animal predileto, e também do patrão e da patroa. Que venha a morrer é ideia que não posso suportar. Acha você que devo dizer uma palavra de ânimo ao rapaz? Pois sim, mas só no caso do Beleza Negra começar a melhorar, está entendendo?

— Obrigado, John. Contento-me com isso. Fico satisfeito de saber que você admite que o pequeno causou o mal apenas por ignorância, não por maldade.

Fiquei admirado do tom da voz de John quando replicou:

— Só por ignorância! Você fala de ignorância como coisa insignificante. Não sabe então que depois da maldade a pior coisa da vida é a ignorância? Aquele caso da Marta Mulwash. Ela não pretendia matar a criança quando lhe deu aquele xarope calmante, mas matou-a e por isso foi levada a júri como autora de um homicídio involuntário.

— E foi bem-feito! Uma mulher ignorante não deve dar a uma criança nova remédios que desconhece — concordou Green.

— O caso do William Starkey, também. Ele não pretendia fazer mal ao seu irmãozinho quando se vestiu de fantasma e correu atrás dele de noite. Mas o fato é que o menino, que era a grande esperança da família, está perfeitamente idiotizado e assim passará a vida inteira. Você também, Green, foi vítima da ignorância daquelas moças que visitaram a estufa e deixaram a porta aberta. O ar frio congelou as plantinhas novas e lá feneceram todas.

— Isso é verdade. As mudinhas novas todas se perderam. Terei de recomeçar tudo de novo... e o diabo é que não sei onde obter sementes.

— E no entanto as moças não tinham a intenção de causar mal nenhum. Agiram apenas por ignorância. Oh, a ignorância é a grande praga deste mundo. Todos os desastres que acontecem provêm dela.

O remédio que tomei deu bom resultado. Dormi longamente e pela manhã seguinte já me senti outro. As palavras de John ficaram-me para sempre na memória, e em todo o decurso da minha vida venho verificando como eram sábias.

## XX

# Aldous Green

O pequeno Green continuava muito bem no seu serviço; aprendia depressa e mostrava-se cuidadoso, começando a fazer jus à confiança de John. Seu maior defeito era um que o tempo sana: a pouca idade e a pequena estatura, o que o impedia de montar em mim e em Wasp. Certo dia, porém, em que John saíra no velho Justice e o patrão teve urgência de mandar uma carta a uma légua dali, Green recebeu ordem de me selar e desempenhar a missão.

A carta foi entregue e voltamos calmamente até a olaria. Nesse ponto demos com uma carroça excessivamente carregada de tijolos, cujas rodas se haviam atolado num lamaçal pegajoso. O carroceiro, um bruto, berrava e espancava impiedosamente os pobres animais. Era uma cena dolorosa. Estavam ali duas desgraçadas criaturas de carne e osso lutando furiosamente para arrancar o veículo, mas inutilmente. Ofegantes, com o suor a porejar do corpo inteiro, músculos retesos como cordas de violino. E o carroceiro a malhar e a insultá-los dos piores nomes.

O pequeno Green não se conteve.

– Pare! – gritou com voz enérgica. – Não continue a maltratar desse modo os pobres animais. Não vê que as rodas estão presas?

O carroceiro não ligou a mínima importância e ainda bateu nos cavalos com mais força.

– Pare com isso! – berrou Green. – Pare pelo amor de Deus! Eu o ajudarei a descarregar a carroça. Assim a pau não arranca as rodas do lamaçal.

O homem enfureceu-se.

– Cuide da sua vida, está bem? Não seja impertinente e não se meta com o que não é da sua conta. Cada um manda no que é seu, e voltou a malhar nos animais com redobrada fúria.

Green deu-me rédea à esquerda, de rumo à olaria e para lá me dirigi a galope, porque estava tão indignado quanto o menino. A casa ficava perto do caminho.

– Olá aí! – gritou o meu cavaleiro. – Mr. Clay está?

A porta escancarou-se, e um homem de meia-idade apareceu.

– Que há, moço? Recado do patrão? – indagou ele.

– Nada disso. Apenas vim avisar que perto da olaria está uma carroça de tijolos atolada na lama, com um bruto a matar os animais de pancadas. Ofereci-me para ajudá-lo a descarregar e ele enfureceu-se, mandou-me embora e prosseguiu no espancamento dos cavalos. Faça o favor de ir lá ver – concluiu Green com a voz vibrante de indignação.

– Obrigado pelo aviso, meu rapaz – respondeu o homem correndo para dentro a fim de pôr o chapéu. Depois, na volta: – Prontifica-se a testemunhar o fato na justiça?

– Pois não, e com muito gosto – respondeu o menino. O homem foi correndo para a olaria e Green trotou para casa.

– Que cara é essa, menino? – indagou John ao ver-lhe as feições agitadas. – Quem lhe pisou nos calos?

– Uma cena estúpida a que assisti – respondeu o menino, e com palavras quentes de indignação narrou o que havia acontecido. Meigo como era habitualmente, John admirou-se de vê-lo tão fora de si. Admirou-se e entusiasmou-se.

– Muito bem, meu rapaz. Fez você muito bem. Muita gente passaria por ali sem intervir, por puro comodismo. Os homens de brio fazem como você. Protestam, intervêm, gritam, fazem barulho, sempre que testemunham um caso de brutalidade cruel. Se todos procedessem assim as coisas andariam melhor no mundo.

Green estava orgulhoso da aprovação de John, e senti que nesse dia me escovava com outra firmeza e decisão.

Lá pela hora do jantar, apareceu um homem com recado para Aldous Green apresentar-se no escritório do patrão, onde estava um carroceiro acusado de maltratar animais. Queriam que Green fosse depor.

– Pois não – respondeu o menino. – É com imenso prazer que darei o meu testemunho.

– Arrume-se um bocado, rapaz – aconselhou John, e ajudou-o a endireitar a gravata e a compor-se melhor.

Mr. Gordon era um dos magistrados do distrito, e estava incumbido de decidir um caso daqueles. Enquanto Green subia as escadas do castelo, ficamos ali ansiosos, pelos resultados da ação.

Minutos mais tarde reapareceu de cara satisfeita. Achegando-se a mim, deu-me uma palmada na anca, dizendo:

– Sempre que virmos coisas dessas havemos de intervir, não acha, senhor Beleza?

O caso fora esmiuçado. Green depusera com toda a firmeza, e o seu testemunho, mais o estado lastimável dos dois animais, constituíram provas suficientes para justificar o castigo que o mau carroceiro recebeu.

A mudança que desde esse dia se operou em Aldous pareceu-me espantosa. John dizia, rindo-se, que ele crescera naquela semana mais de uma polegada – e parecia-o. Ganhara determinação. Visivelmente havia passado de menino a homem, de um pulo, sem transição. O incidente da olaria fora decisivo.

# XXI

# Separação

Morei em Birtwick durante três anos; ao fim sobrevieram mudanças para pior. A patroa, ao que ouvíamos dizer, não passava bem de saúde. O médico vinha com frequência, e Mr. Gordon mostrava-se abatido e inquieto. Um dia soubemos que ela tinha de deixar aquela região a fim de viver dois ou três anos num clima quente. Essas notícias nos soaram a todos como dobres de sinos. A tristeza invadiu-nos os corações. Mr. Gordon começou a liquidar os móveis da sua propriedade a fim de deixar o país. Era a conversa que eu ouvia em redor de mim todos os dias. John trabalhava em silêncio. Green cessara com os seus assobios. Eu e Wasp tivemos nossos serviços dobrados.

As duas moças, Jessie e Flora, foram as primeiras a deixar o castelo. Vieram despedir-se de nós. Ao Flying abraçaram como se abraça um amigo velho – e eram os três na realidade grandes amigos. Nesse dia soubemos algo sobre o arranjo estabelecido a nosso respeito. Eu e Wasp havíamos sido negociados com um velho amigo de Mr. Gordon, o conde de W... Flying fora dado de presente ao ministro Bloomefield, que muito necessitava dum cavalinho pequeno para sua senhora – mas foi dado com a condição de nunca ser vendido e de quando ficasse inutilizado ser morto a tiro e enterrado.

Aldous Green seria empregado pelo pastor, de modo que continuaria a cuidar de Flying. John teve várias ofertas de boas colocações, mas preferiu ficar de folga por uns tempos a fim de melhor decidir sobre o rumo a tomar.

Na véspera da partida o patrão veio à estrebaria dar suas últimas ordens e despedir-se de nós. Pareceu-me muito abatido, revelando também o seu estado de alma no tom da voz. Nós cavalos avaliamos os sentimentos dos homens pela voz.

– Já decidiu o que vai fazer, John? – perguntou ele. – Ouvi contar que recusou várias ofertas.

– Nada decidi, senhor. Penso que se eu achasse colocação como amansador de potros seria bom para mim e para os potros. Vejo por aí muito animal estragado pelos maus começos. Sou bastante entendido nessa matéria e poderia prestar bons serviços aos patrões, e melhor ainda aos animais. Que acha o senhor da ideia?

– Acho-a ótima. Você nasceu para isso, John. É a sua verdadeira vocação. Compreende a alma dos cavalos e eles compreendem a você melhor do que a nenhum outro. Mais tarde poderá montar um negócio por conta própria, um estabelecimento de domação racional. Vou recomendá-lo ao meu agente de Londres, e, onde quer que eu esteja, sempre que precisar de mim é só escrever. Bem sabe que sou seu amigo.

Os agradecimentos de Mr. Gordon comoveram o nosso John, que os achou excessivos.

– Basta, basta, Mr. Gordon. O senhor e a patroa foram sempre tão bons para mim que me reconheço um devedor eterno. Deus há de olhar pela saúde dela, de modo que ainda a vejamos novamente por aqui, feliz e forte. Essa esperança nos vai consolar.

Mr. Gordon apertou-lhe a mão e saíram juntos da estrebaria. Chegou o triste dia, afinal. A bagagem já tinha seguido na véspera com os criados. Estavam lá somente o patrão, a patroa e a sua camareira. Eu e Wasp levamos pela última vez a carruagem até a porta do castelo, onde eles a tomaram. Havia em redor pessoas com lágrimas nos olhos.

Eram estimados em todo o distrito.

– Adeus, adeus! – disse Mr. Gordon depois de acomodar-se no veículo. – Nunca me esquecerei do bom tempo passado aqui, e dos bons amigos que deixo. Adeus, adeus!

A carruagem partiu, guiada por John Manley. Green tomou assento na boleia ao seu lado. Atravessamos devagar o parque e na aldeia próxima toda a população nos abriu alas, murmurando à nossa passagem: – Deus os abençoe.

Na estação desceram todos. A patroa, muito fraca, seguiu apoiada no braço de Mr. Gordon. "Adeus, John!", ouvi-a dizer na sua voz doce e cansada. Senti as rédeas estremecerem, mas John não deu resposta. Creio que não podia falar. Logo que Green tirou todos os pacotes da carruagem, John mandou-o segurar os cavalos enquanto ele ia assistir à partida do trem lá na estação. Pobre Green! Escondia as lágrimas no meu focinho. O trem apitou. Vinha chegando. Chegou. Uma pausa. Depois partiu de novo. Perdeu-se ao longe. Uma fumaça branca que se desfez no ar.

John reapareceu.

– Nunca mais os veremos – disse ele. – Nunca mais...

Subiu à boleia, tomou as rédeas e com o pequeno Green ao lado rodou lentamente para casa. Mas aquela casa já não era mais a nossa casa.

# XXII

# A mansão do conde W.

No dia seguinte pela manhã, Green atrelou Flying ao cabriolé da patroa e dirigiu-se à casa do pastor Bloomefield. Antes de partir veio dizer-nos adeus. Em seguida, John pôs-me um cabresto, selou Wasp, montou-a e tomou o caminho da propriedade do conde de W...

Era um lugar esplêndido, com excelentes cavalariças. Entramos no parque por um portão monumental de pedra e John indagou por Mr. York. Poucos minutos depois aparecia esse cavalheiro, homem de meia-idade, cortês e de ares senhoris. Tratou bem ao nosso John e depois de correr a vista sobre nós mandou que nos recolhessem às estrebarias.

Fui deixado numa baia ampla e arejada, ficando Wasp na contígua. Logo depois de escovados e tendo comido a ração, vimos reaparecer John seguido de Mr. York.

– Pois, Mr. Manly – disse ele enquanto nos examinava –, parece-me que estes animais não possuem defeito algum. Entretanto não há cavalo que não tenha a sua manha, tal qual nós, homens, e muito desejaria que o amigo fosse franco a respeito.

– Lealmente confesso, Mr. York, que estes animais fogem à regra, se é regra que todos os cavalos tenham sua manha oculta. Não creio que haja no mundo melhor parelha, e melhor em todos os sentidos. Não imagina como sinto ter de separar-me deles.

Beleza Negra possui o melhor gênio que se possa imaginar; creio que em toda a sua vida nunca recebeu uma palavra dura, nem uma chicotada. O seu maior prazer é adivinhar os pensamentos de quem o monta. Já a Wasp não teve bons começos. Chegou-nos às mãos teimosa e desconfiada, em consequência dos maus-tratos recebidos. Mas com a mudança de regime perdeu as manias, e nestes três últimos anos comportou-se admiravelmente bem. Se continuar a ter o trato que lhe demos em Birtwick persistirá no bom comportamento, estou certo. Devo dizer, entretanto, que é de temperamento mais irritável que Beleza Negra. As moscas a põem nervosa. Qualquer transtorno nos arreios a deixa inquieta, e se for mal-tratada é certo que reagirá no mesmo tom. O senhor bem sabe que é assim que procedem os cavalos briosos.

– Sei, sei – concordou Mr. York –, mas o senhor também deve saber que numa propriedade grande como esta nem sempre é possível ter tratadores à altura. Eu cuido de tudo o melhor que posso, mas não faço milagres.

Antes de se separarem, John ainda disse:

– Resta-me declarar que em Birtwick nunca usamos falsa-rédea, e Beleza Negra nem sabe o que isso seja, e Wasp ficou de mau gênio sobretudo por essa causa.

– Pois creio que aqui eles terão de acostumar-se a esse estilo. Eu não concordo com o sistema, e o senhor conde é muito razoável em matéria de cavalos; mas a condessa é outra coisa. Para ela o importante é andar na moda e, portanto, exige que os cavalos das suas carruagens tenham a cabeça erguida no máximo. Eu tenho evitado sempre o freio de mordaça, mas não posso impedir que as rédeas sejam mantidas excessivamente presas, sempre que a senhora condessa sai de carruagem.

– Sinto muitíssimo o que está me dizendo, Mr.York, mas o que não tem remédio remediado está. Adeus. Estou na hora do meu trem. John veio trazer-nos as últimas despedidas e achei-o triste. Encostei-lhe o focinho no rosto. Era a única demonstração de amizade que eu poderia dar. Depois partiu, e nunca mais o vi.

No dia seguinte apareceu-nos o conde; examinou-nos minuciosamente, mostrando-se satisfeito com a aquisição.

– Tenho muita confiança nestes animais – disse ele –, com base no que me contou o amigo Gordon. Não são bem emparelhados na cor, mas puxam bem e servem para o trabalho aqui no campo. Antes de partir para Londres quero ver se emparelho o Baron. Este preto ficará para sela.

Mr. York contou-lhe então a conversa tida com John Manly, a respeito do temperamento de Wasp.

– Pois preste atenção na égua e use a falsa-rédea sem excesso – disse o conde. – Com arte e jeito há de acostumar-se. Falarei disso à condessa.

À tarde fomos atrelados a uma carruagem, que rodamos para a frente da vivenda. Tudo magnífico em redor. Aquela mansão seria talvez umas quatro vezes maior que o castelo de Mr. Gordon, embora nem a metade tão agradável – isso na minha humilde opinião de cavalo.

Dois lacaios de libré castanha e calções vermelhos apareceram à porta; logo em seguida surgiu a senhora condessa. Parou à nossa frente, a examinar-nos. Era alta, de aparência orgulhosa e denotou descontentamento com qualquer coisa. Nada disse e entrou na carruagem. Foi a primeira vez que puxei de falsa-rédea, e devo dizer que, apesar do incômodo de não poder nunca abaixar a cabeça, não a mantive mais erguida do que estava acostumado a fazer. Fiquei inquieto quanto a Wasp. Ela, entretanto, comportou-se com calma singular.

No dia seguinte às três horas a cena se repetiu. Fomos levados à porta da vivenda onde vimos perfilados os dois lacaios de libré. Um frufru de vestidos, e a grande dama surgiu.

– York – disse ela –, quero que erga mais a cabeça desses cavalos. Assim não fazem vista.

York muito respeitosamente observou:

– Perdão, minha senhora, mas estes animais não estão acostumados a este estilo e o senhor conde recomendou-me que os fosse acostumando aos poucos. Mas se vossa excelência o ordena...

– Ordeno, sim.

Mr. York encurtou um furo nas rédeas de restrição. Era pouca a diferença, mas mesmo assim bastante sensível – e pude então compreender tudo quanto tinha ouvido dizer daquela moda absurda e cruel. Numa ladeira, quis adiantar a cabeça para maior comodidade do tiro e não pude; aquilo dificultava-me o fôlego, além de perturbar-me o equilíbrio do corpo. Um horror.

Ao voltarmos, Wasp me disse:

– Está você vendo agora como é a coisa, e isso não é tudo. Nada farei se ficarem só nisso, porque sou muito bem tratada aqui. Mas se me torturarem com o freio de mordaça, então que se acautelem. Positivamente não tolerarei.

Pouco a pouco, furo a furo, as nossas rédeas de restrição se foram encurtando, e desse modo aumentando o nosso mal-estar no tiro. Já era agora com terror que eu via porem sobre mim os arreios – uma coisa que em Birtwick só me dava prazer. Wasp parecia inquieta, mas pouco falava. Por fim, julguei que o pior havia passado. Mas não havia...

# XXIII

# Desespero

Um dia a condessa desceu as escadas mais tarde do que de costume, a frufrulhar suas sedas como nunca.
— Vamos à casa da duquesa de B... — ordenou, e depois duma pausa: — Será possível, York, que nunca ergas a cabeça desses cavalos como quero? Melhora já isso e deixa-te de delicadezas.

Mr. York achegou-se a mim e arrumou a rédea de restrição de tal forma apertada que quase não a pude tolerar. Depois foi fazer o mesmo a Wasp, que já estava mostrando sinais de impaciência. No momento em que desafivelou a rédea para encurtar mais um ponto, Wasp empinou tão de improviso que por um triz não o lança ao chão. Ajudado por um auxiliar, York atirou-se à égua, que resistiu e começou a escoicear e a corcovear do modo mais furioso; por fim pulou por cima da lança e caiu contra mim, machucando-me bastante uma perna.

Ninguém pode calcular o que teria acontecido se York não tivesse agido com a maior presteza e segurança, assentando-se sobre a cabeça de Wasp e ao mesmo tempo gritando que me desatrelassem. Houve um corre-corre. A lança foi desatarrachada e os tirantes cortados. Desse modo, desligaram-me da égua rebelde e reconduziram-me à estrebaria.

O incidente me deixara muito excitado e, se eu tivesse hábito de escoicear e empinar, certo que teria agravado inda mais o desastre.

Nada disso fiz, porém, e apesar de machucado na perna conservei-me calmo, em meu posto, embora não me faltasse vontade de tratar a coices toda aquela gente.

Logo depois os dois homens reapareceram na estrebaria com Wasp, também bastante machucada e ferida. Mr. York examinou-me.

– Malditas falsas-rédeas! – murmurava consigo mesmo. – Bem me parecia que isto acabaria mal. O senhor conde vai ficar furioso. Mas que hei de fazer? Se o marido não governa a esposa, que posso fazer? Lavo minhas mãos. Se não puder ir à festa da duquesa a culpa será da sua vaidade unicamente.

Apalpou-me em vários pontos e descobriu o lugar logo acima do jarrete onde eu recebera um coice. Estava inchado e dolorido. Fez uma lavagem com água quente e aplicou um remédio qualquer. O conde de W... mostrou-se muito aborrecido ao saber do desastre e censurou Mr. York por ter obedecido a condessa, ficando assentado que no futuro só receberia ordens do conde. Mas tudo continuou na mesma.

Wasp nunca mais foi atrelada à carruagem. Quando sarou, George, um dos filhos do conde, resolveu reservá-la para si – para caçadas. Eu recebi um novo companheiro de tiro, de nome Max, que aceitava com muita paciência a falsa-rédea. Perguntei-lhe como suportava aquilo.

– Suporto-a porque não há remédio, mas sinto que me está encurtando a vida; o mesmo sucederá a você, se continuar por muito tempo forçado a essa tortura.

– Acha que os nossos donos sabem quanto mal essa moda nos causa?

– Impossível responder – declarou Max. – Os tratadores e os veterinários, esses sei que sabem. Certa vez andei entregue a um acertador que me emparelhava a um colega alazão. Todos os dias nos levantava as cabeças de mais um ponto. Alguém que assistia àquilo perguntou-lhe a razão. "Porque se não fizermos assim ninguém nos compra estes animais. Reconheço que é péssimo para os cavalos, mas é ótimo para o negócio. Os pobres cavalos arruinam-se muito depressa." Foi essa a opinião que lhe ouvi.

O que sofri com aquele cruel sistema durante os quatro meses que servi à condessa nem gosto de recordar, e estou certo de que, se continuasse, a minha saúde ou o meu temperamento desapareceriam. Antes disso nunca me acontecera lançar espuma pela boca; a posição forçada da cabeça, entretanto, e o incômodo do freio me transformaram a boca numa espumadeira. Há gente que acha isso lindo. Espumejar para elas é prova de brio do cavalo. No entanto, nada mais nocivo para os animais. Espuma na boca significa uma alteração qualquer das funções normais; significa doença. A posição forçada da traqueia tornava-me penosa a respiração. Quando eu voltava do serviço tinha o pescoço dorido, e a boca e a língua, em miserável estado; e sentia-me imensamente infeliz.

Em Birtwick eu sabia que Mr. Gordon e John eram sinceros amigos meus; aqui, porém, apesar de bem-tratado quanto a alimentação e abrigo, percebi que não tinha amigo nenhum. Mr. York sabe muito bem do meu martírio com a falsa-rédea; no entanto resigna-se e nada fez para nos aliviar.

# XXIV

# Miss Ann

Pela entrada da primavera, o conde de W... e parte da família, acompanhados de Mr. York, foram para Londres. Eu, Wasp e alguns outros fomos entregues à guarda de um cavalariço.

No castelo ficaram Miss Harriet e Miss Ann, a primeira inválida e a segunda muito amiga de cavalgar em companhia dos irmãos e primos. Era uma perfeita amazona essa Miss Ann, e tão alegre e boa quanto bela. Escolheu-me como sua montaria predileta, e gostei dos seus passeios pela manhã; saía muitas vezes também com Wasp e Isabel. Essa Isabel, de que não falei ainda, era uma égua baia clara, de raça quase pura e muito apreciada pela sua beleza. Wasp, entretanto, que a conhecia melhor que eu, achava-a nervosa.

Havia no castelo um senhor de nome Blantyre, que muito elogiava Isabel; em consequência, Miss Ann quis experimentá-la. Fui selado com sela masculina, e Isabel, com o silhão.

Quando fomos levados à porta do castelo, Mr. Blantyre estranhou aquilo.

– Como? Está então cansada do Beleza Negra, Miss Ann?

– Oh, não – respondeu a moça –, trata-se apenas duma experiência. Vamos hoje trocar de montaria. O meu amigo há de confessar que a Isabel parece muito mais própria para uma senhora do que Beleza.

– Não acho conveniente que a monte. Isabel é um tanto nervosa e ainda não está bem segura. Parece-me prudente invertermos as montarias.

Miss Ann riu-se.

– Meu bom primo – disse ela –, não tenha receios quanto às minhas habilidades em equitação. Monto desde menina, tenho corrido bastante nas batidas de caça, embora saiba que o primo não aprova que nós mulheres façamos isso. Meu desejo de cavalgar Isabel provém do muito que vocês homens a elogiam. Faça o favor de ajudar-me.

A decisão de Miss Ann venceu Mr. Blantyre, que se limitou a ajudá-la a montar e depois a examinar o freio, a sela e o resto. Cavalgaram em seguida. Já iam partir quando apareceu um criado com bilhete e recado de Miss Harriet.

– Ela pede que isto seja entregue ao doutor Ashley, e diz que tem resposta.

A vila distava uns dois quilômetros, sendo a casa do médico a última da rua principal. Para lá seguimos alegremente. Detivemo-nos no portão. Uma alameda de lindas árvores conduzia à vivenda. Mr. Blantyre apeou e abriu o portão para que Miss Ann entrasse; ela, porém, recusou-se:

– Esperarei aqui. Vá o primo desempenhar-se da missão sozinho.

– Em cinco minutos estarei de volta – disse ele entrando, depois de ter-me amarrado ao batente do portão.

Miss Ann pôs-se despreocupadamente à espera, cantando uma canção. Do lado oposto do caminho havia um prado cuja porteira estava aberta. Naquele momento vinham saindo de lá uns tantos cavalos de tiro e potros, agredidos por um rapaz que estalava o chicote. Como fossem potros xucros, um deles, no galope em que vinha, deu de encontro às pernas de Isabel, que estava de costas. A égua respondeu com uma parelha de coices e, assustada, disparou por ali afora. Tão repentino foi o seu arranque que só por milagre Miss Ann não perdeu o equilíbrio. Era de fato cavaleira. Na minha aflição soltei vários relinchos de aviso e me esforcei por soltar as rédeas do batente. Mr. Blantyre não tardou a aparecer, correndo. Olhou ansioso em redor. Viu lá adiante a sua prima na disparada. Num relance montou-me. Compreendi o que desejava fazer, e disparei com a velocidade máxima na pegada de Isabel.

O caminho seguia em reta por milha e meia, depois bipartia-se. Lá chegados ficamos na dúvida. Qual dos dois caminhos tinha Isabel tomado? Uma mulher à beira da encruzilhada fazia com a mão viseira contra o Sol e olhava ao longe.

– Que caminho? – gritou Mr. Blantyre, quase parando ao passar por ela.

– O da direita – respondeu a mulher, compreendendo do que se tratava.

Tomei pela direita a galope e em breve avistamos ao longe os transviados, para perdê-los de vista logo depois numa curva da estrada.

Muito adiante vimos um velho que trabalhava na conservação da estrada e nos apontou numa certa direção, dizendo:

– No campo. Viraram para lá.

Eu conhecia bem aqueles campos, sujos, esburacados, o pior lugar no mundo para um desembestamento daqueles. Entramos pelo campo e de súbito percebemos ao longe o roupão verde de Miss Ann flutuando no ar. Ela perdera o chapéu. Pela inclinação do corpo para trás, percebi que fazia os máximos esforços para controlar a égua.

A irregularidade do terreno diminuíra a velocidade de Isabel dando-nos esperanças de alcançá-la.

Em certo ponto, uma larga vala cortava o terreno. Imaginei que chegando ali Isabel parasse. Não parou. Saltou. Saltou e caiu. Mr. Blantyre dirigiu-me para lá e fez-me galgar a vala, o que consegui sem acidente. Do outro lado vimos por terra um vulto. Era Miss Ann.

Mr. Blantyre saltou por terra e ajoelhou-se ao seu lado, chamando-a pelo nome. A moça, entretanto, não dava nenhum sinal de vida. Ele levantou-lhe a cabeça, desapertou-lhe a gola, sacudiu-a. Inútil. Com uma palidez mortal, Miss Ann continuava como morta.

A pouca distância dali estavam dois homens trabalhando numa turfeira. Vendo Isabel passar desmontada, compreenderam o que se dera e foram-lhe atrás. Mr. Blantyre gritou-lhes que acudissem. Vieram correndo.

– Sabe andar a cavalo? – inquiriu do primeiro que chegou.

– Cavaleiro não sou – respondeu o homem –, mas de bom grado arriscaria a vida por amor de Miss Ann, esse anjo que tanto fez pela minha mulher no último inverno.

– Pois então monte neste cavalo e corra à casa do doutor Ashley e diga-lhe que venha já aqui. Depois vá ao castelo, conte o desastre e diga que tragam a carruagem e a camareira de Miss Ann, e mais alguém para a ajudar. Depressa.

O pobre homem montou-me com dificuldade e depois de recomendar ao companheiro que fosse à sua casa avisar à esposa do sucedido, deu-me rédeas. Estava sem chicote, mas viu logo que comigo chicote é a maior das inutilidades. O que tinha a fazer era firmar-se o melhor possível na sela, que do mais me encarregava eu. Não tinha hábito de cavalgar; nos terrenos desiguais, em que a marcha o sacudia um pouco, punha-se aos berros: – Para! Para!

Na estrada real galopamos sem novidade, de modo que ele pôde dar conta das duas missões no mínimo espaço de tempo. No castelo convidaram-no a entrar e tomar qualquer coisa.

– Não – respondeu. – Vou cortar por um atalho a pé e chegarei antes da carruagem.

Fui levado à baia, desarreado e coberto com uma manta de lã, e minha sela passou precipitadamente para o lombo de Wasp. Iam nela em busca de Lord George. Logo depois vi partir a carruagem.

Muito tempo se passou antes que Wasp retornasse à baia. Ao vê-la de novo indaguei o que houvera.

– Não posso contar grande coisa – respondeu-me. – Fiz a galope quase todo o percurso e cheguei juntamente com o médico. Estava lá uma mulher do povo com a cabeça de Miss Ann ao colo. O doutor curvou-se sobre a moça e examinou-a. Depois disse: "Não está morta". Levaram-na para a carruagem. Ouvi meu amo responder a um homem que indagara dela no caminho: "Não tem ossos quebrados, mas ainda não voltou a si".

Dois dias depois, Mr. Blantyre veio visitar-me. Deu-me palmadas no pescoço e louvou-me muito, dizendo a Lord George, ali presente, que eu compreendera tão bem quanto ele o perigo que Ann corria.

– Ann não deve nunca montar outro animal senão este. É de uma segurança absoluta.

Pela conversa deduzi que a moça estava fora de perigo. Fiquei satisfeito. O desastre acabava bem e servira para confirmar os meus méritos.

# XXV

# Rubens Smith

Rubens Smith era o nome do homem que ficara incumbido das cavalariças quando Mr. York foi para Londres. Excelente criatura, que entendia do seu ofício melhor do que ninguém. Bondoso, compreensivo, inteligente no trato dos animais, além de bastante entendido em veterinária. Hábil cocheiro, dirigia muito bem qualquer tipo de carruagem, com quantas parelhas fosse. Todos gostávamos muito dele.

Uma coisa, entretanto, estranhávamos: era que, sendo o que era, ocupasse um posto subalterno. O segredo estava nisto: Smith gostava muito de álcool. Não bebia diariamente, como fazem muitos; passava às vezes semanas e até meses sem tomar uma gota, mas de repente recaía no vício por algum tempo, tornando-se uma desgraça para si próprio, o terror da família e objeto de repugnância para os estranhos.

Apesar do seu vício, era de grande utilidade ali; em consequência, Mr. York ocultava o mais possível aquele defeito, impedindo que o conde viesse a saber do perigo que tinha em casa. Certa noite, porém, em que tinha de reconduzir ao castelo um grupo de hóspedes saídos para um baile, apresentou-se em tal estado de bebedeira que um dos hóspedes teve de subir à boleia e guiar a carruagem. Foi impossível esconder o fato, e Smith viu-se demitido.

O velho Max contou-me essa história, e disse do lamentável estado da sua mulher e da filharada quando, com a trouxa às costas, atravessaram o portão, rumo ao desconhecido. Mais tarde, antes de mudar-me para cá, havia sido ele reintegrado, graças à intercessão de York. O conde tinha bom coração, e o culpado jurara nunca mais provar bebidas. E tão bem se comportou desde esse tempo, que Mr. York se animou a deixá-lo em seu lugar quando partiu para Londres.

Estávamos em abril. A família do conde devia regressar em maio. Uma das carruagens tinha de ser reformada e, como chegara o tempo do coronel Blantyre voltar ao seu regimento, Smith recebeu ordem para conduzi-lo nela à estação. Deixaria a carruagem nas oficinas e voltaria a cavalo. Fui com ele. Na estação, o coronel deu-lhe uma gorjeta e despediu-se nestes termos: "Preste atenção no serviço, Rubens, e não consinta que qualquer criançola monte o Beleza Negra, que é o predileto da condessa. Beleza Negra deve ser reservado exclusivamente para a sua patroa".

Deixamos a carruagem nas oficinas. Fui em seguida selado e cavalgado. Smith rumou para a taverna do White Lion, onde, depois de dar ordens para que me fornecessem uma boa ração, entrou.

Um cravo da minha ferradura começara a folgar na vinda, e o encarregado da cavalariça notou-o. Às cinco horas Smith apareceu por ali, declarando que só partiria às seis, visto ter encontrado alguns velhos amigos.

– Esse cavalo está com um cravo solto – avisou o homem.

– Não faz mal. Aguenta – respondeu Smith. – Em casa arrumaremos outro.

Estranhei aquilo, porque Smith sempre se mostrava extremamente cuidadoso com os cravos soltos. Também estranhei o seu tom de voz. Às seis horas não me apareceu, nem às sete, nem às oito. Só às nove lhe ouvi a voz, uma voz alterada, gritando que me trouxessem. Recebeu o cavalariço de mau humor, sem que eu descobrisse razão para tal.

O dono da estalagem estava na porta.

– Cuidado, Mr. Smith – advertiu em tom amigo, e Smith respondeu-lhe com um desaforo.

Logo que saímos da cidade pôs-me a galope, e não contente deu-me fortes chicotadas, sem necessidade nenhuma. A Lua ainda não aparecera. Estava uma noite bem escura. A estrada em certo trecho sofria reparos; muita pedra britada que ainda não fora comprimida. Isso ainda mais me soltou a ferradura. Por fim se desprendeu de todo.

Se Smith estivesse no seu normal teria percebido, pela mudança da minha marcha, que algo acontecera; mas seu estado de embriaguez embotava-lhe os sentidos.

Para além da barreira havia outro trecho da estrada em reparos; impossível a um cavalo transpor esse trecho a galope. Pois apesar disso, e só com três ferraduras, como me achava, fui forçado a correr debaixo de chicote e com um horrível suplemento de pragas. Meu casco desferrado logo se feriu da maneira mais cruel, nas arestas vivas da pedra britada.

Aquilo não podia continuar. Nenhum cavalo consegue equilibrar-se de pé em tais circunstâncias. Tropecei, caí de joelhos e Smith foi arremessado ao chão por sobre minha cabeça. Ergui-me, tonto, e fui postar-me à beira do caminho, onde não havia pedras soltas. A Lua começava a levantar-se. A pouca distância, divisei o vulto de Smith; tentava erguer-se e gemia. Não o conseguiu. Eu também devo ter gemido, porque sentia dores horríveis; mas é sina dos cavalos que tudo sofram em silêncio.

Ouvi mais uns gemidos daquele homem; depois silenciou, imóvel. Fiquei atento, à escuta, já que nada podia fazer em seu benefício. Havia de aparecer gente. Estava calma e deliciosamente fresca a noite. Nenhum rumor, salvo, às vezes, as notas melancólicas de um rouxinol. Nada se movia, fora as nuvens brancas do céu. Uma coruja esvoaçou por cima de nós. O cenário me fez lembrar as noites de verão em que me deitava ao lado de minha mãe na propriedade de Mr. Grey.

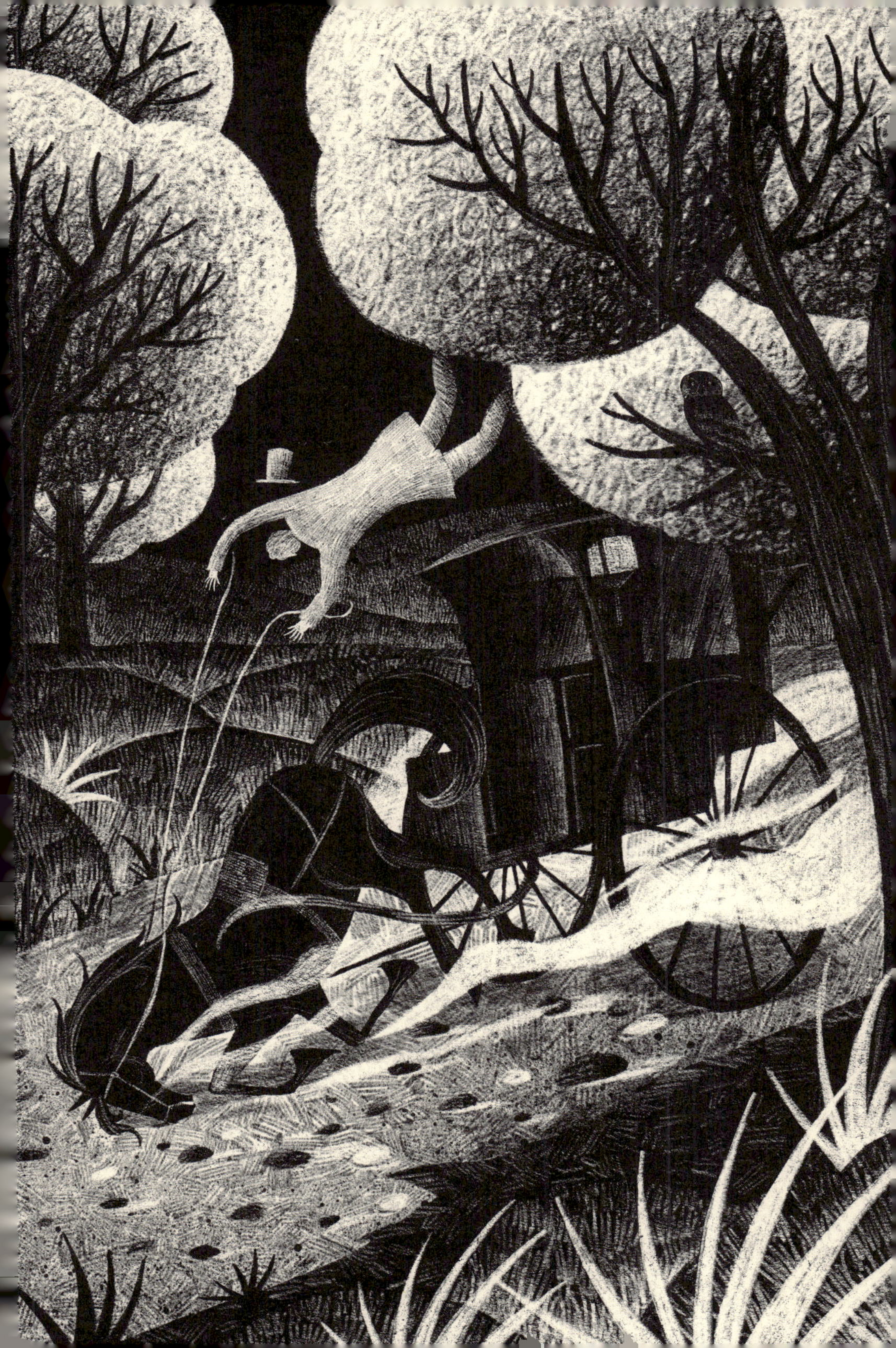

# XXVI

# Desenlace

Lá pela meia-noite ouvi ao longe um tropel de animais, tropel que às vezes diminuía, depois crescia. A estrada atravessava trechos de floresta. Quando o rumor se fez mais distinto, pude reconhecer o pisar de Wasp. Era ela mesma, que vinha atrelada a um cabriolé. Relinchei alto e foi com grande prazer que a ouvi retribuir minha saudação. O cabriolé vinha devagar sobre o empedrado vivo e deteve-se junto ao vulto que jazia no chão. Um dos homens saltou por terra e examinou-o.

– É o Rubens – disse. – E não se move. Parece morto. O outro homem veio também examinar.

– Realmente – concordou. – O corpo já está frio.

Ergueram-lhe a cabeça. Tinha os cabelos empapados de sangue. Deitaram-na de novo e vieram inspecionar-me. Viram meus joelhos cortados e sangrentos.

– Foi queda – concluíram. – Quem havia de pensar que Beleza Negra fizesse isto? E já faz horas que o desastre se deu. Acho estranho que o cavalo ficasse aqui todo o tempo.

Quem falava assim era o Robert, um dos auxiliares de Mr. York. Tomou-me depois pelo freio e puxou-me. Dei um passo vacilante e quase caí.

– Oh, ele está também ferido no pé – exclamou o moço. – Tem o casco em miserável estado. Que horror! O Rubens cavalgou-o sem ferradura. Sem ferradura sobre esta pedra britada, imagine! Juro que foi bebedeira. Nesse estado um homem exige dum animal até que o leve à Lua.

E depois, lembrando-se da esposa de Rubens:

– Pobre Susan! Bem que se sentia ansiosa com o retardamento do marido. Veio falar-me, procurou justificar a demora, mas pediu-me que tomasse o cabriolé e viesse em sua procura. Estava receando qualquer coisa. E agora? Há este cavalo que não pode andar e um cadáver que tem de ir para casa.

Dividiram a tarefa. Robert me conduziria e Edward ficaria encarregado do morto. Pareceu-lhes difícil colocar o cadáver no cabriolé, por não haver um terceiro que segurasse Wasp. Ela, porém, compreendeu perfeitamente a situação e dispensou esse terceiro. Permaneceu imóvel qual uma rocha durante toda a manobra fúnebre. Cheguei a estranhar o fato, sabendo como Wasp era impaciente e inimiga de ficar parada, à espera do que fosse.

Edward lá se foi com a sua carga mortuária, e Robert veio examinar de novo a minha pata ferida. Depois embrulhou-me o casco num pano e assim me conduziu para casa.

Nunca me esquecerei daquela caminhada à noite, por quase uma légua. Robert levava-me a passo. Eu sentia uma dor terrível e seguia mancando. Às vezes, ele me animava com palavras amigas e tapas no pescoço.

Quando entrei na minha baia, Robert veio amarrar-me o casco numa cataplasma de aveia, enquanto o veterinário não chegava. Deitei-me e, apesar da dor, dormi.

Na manhã seguinte, o veterinário fez seu exame e declarou que o ferimento dos joelhos não era de forma a inutilizar-me, mas que eu conservaria por toda a vida a cicatriz. Fez nesse dia, e por muito tempo ainda, tudo o que foi possível para uma boa cura. Apareceu-me uma carne esponjosa, que foi queimada com cautérios[7]; também me aplicaram vesicatórios[8] que me depilaram os joelhos. Eles lá sabiam.

No inquérito sobre a morte de Smith, o dono da estalagem e o seu cavalariço testemunharam que ele deixara o estabelecimento já fortemente embriagado. O guarda-barreira declarou que o vira passar em disparada. Minha ferradura foi encontrada entre as pedras. O caso ficou plenamente apurado, com todas as justificativas a meu favor.

Muita comiseração pela pobre Susan. A criatura quase perdeu o juízo. Repetia constantemente: "Ele era tão bom! Todo o mal lhe vinha das malditas bebidas. Por que admitem que haja tais venenos no mundo?".

Sem parentes que a socorressem, não teve outro caminho na vida senão entrar com a filharada para um asilo de mendigos.

---

7  Cautérios: remédio para cicatrizar ferimentos.
8  Vesicatório: medicamento externo que faz levantar bolhas na pele por ser cáustico.

# XXVII
# Decadência

Quando sarei do joelho, soltaram-me num pasto por três meses. Não havia lá outro animal, mas a despeito da largueza, da liberdade absoluta e dos bons capins frescos, eu me ressentia da solidão. Wasp se tornara minha grande amiga e sua falta fazia-se agora extremamente sensível. Muitas vezes eu relinchava ao ouvir tropel de animais na estrada, e raro recebia resposta. Um dia, porém, a porteira se abriu e Wasp entrou.

Trotei alegre ao seu encontro, muito contente por revê-la. Soube, porém, que não viera àquele pasto por prazer. A sua história era longa e triste. Estava cansada, a pobre Wasp, por excesso de trabalhos. Soltaram-na ali para ver se se restabelecia e ainda poderia vir a prestar para alguma coisa.

Lord George era moço demais e muito imprudente. Cavaleiro cruel, caçava com qualquer tempo, em qualquer terreno, pouca atenção dando ao estado da montaria.

Logo depois que Wasp lhe foi entregue, houve uma corrida de raia que ele decidiu disputar. O seu tratador avisou-lhe que a égua, cansada, não poderia tomar parte na disputa. Lord George insistiu. Wasp correu e, fogosa como era, esforçou-se demais, conseguindo boa colocação com prejuízo dos seus pulmões. Começaram aí as desgraças. Acontecia ainda que Lord George era exageradamente pesado, o que a obrigava a um esforço excessivo. Tudo somado deu aquele total.

– E estamos nós aqui – concluiu Wasp tristemente –, jovens ainda e arruinados. Você por um bêbado e eu por um desalmado extravagante.

Percebíamos perfeitamente que já não éramos o que fôramos. Não mais galopávamos selvaticamente como outrora. Limitávamos nossas expansões a passeios a trote e depois nos deitávamos à sombra de uma árvore, com as cabeças juntas. Assim matávamos o tempo até que a família do conde regressasse de Londres.

Um dia, afinal, apareceu-nos ele no pasto, seguido de Mr. York. Vinham examinar-nos de perto. O conde mostrou-se aborrecido.

– Aqui estão trezentas libras jogadas fora – disse ele. – O que mais sinto, porém, é serem justamente os cavalos do meu velho Gordon, que tanto nos recomendou. A égua ficará aqui um ano, em descanso, mas o negro acho que tem de ser vendido. Lamento muito, mas não quero aqui cavalo de joelho pelado.

– Podemos arranjar-lhe um freguês para quem esse defeito não tenha importância. Sei de um homem em Bath que trata muito bem dos animais e não é exigente quanto à estampa. O inquérito provou que o desastre do Smith não ocorreu por culpa do cavalo, e com uma recomendação nossa ele o comprará.

– Pois então escreva-lhe – disse o conde. – Tenho mais empenho em que Beleza Negra caia em boas mãos do que no dinheiro que por ele receba.

Depois disso os dois se afastaram. Wasp então me disse:

– Vão levar você daqui e eu perderei o único amigo verdadeiro que tenho. Este mundo é positivamente cruel.

Uma semana mais tarde, Robert apareceu-me no pasto, de cabresto em punho. Passou-me pela cabeça e levou-me dali. Não me despedi de Wasp. Ela relinchou várias vezes, sendo retribuída, e acompanhou-me até a porteira.

Graças à recomendação do conde e de Mr. York, fui comprado pelo homem de Bath. Tive de seguir para lá de trem, o que era novidade para mim. Senti medo a princípio. Vi depois que o apito da máquina, o barulho das ferragens e a trepidação do carro nenhum mal me causavam, e sosseguei.

Em Bath fui encontrar uma estrebaria regularmente aceitável e bem-servida, embora muito longe de ser como as que eu já conhecia. O piso era em declive e, como eu vivia encabrestado ao cocho, a minha posição de equilíbrio era desagradável. Os homens nunca percebem que os cavalos trabalham muito mais e melhor quando podem estar de pé natural e confortavelmente.

Fui, entretanto, bem alimentado ali. Havia também asseio. O dono cuidava bastante de nós. Tinha negócio de carros de aluguel, carros que às vezes seus próprios cocheiros guiavam; outras vezes, os alugadores.

# XXVIII

# Vida nova

Eu sempre fora dirigido por cocheiros mestres em seu ofício; tudo ia mudar agora. Meu destino em Bath era passar por todas as experiências imagináveis. Tornei-me pau para toda obra; era alugado para toda gente, sem nenhuma escolha, e, graças ao meu gênio dócil, justamente os piores condutores de carruagens me davam preferência. Vou contar alguma coisa do que passei.

Entre os maus cocheiros que então conheci, havia os que julgavam que tudo depende de esticarem as rédeas no máximo, nunca as afrouxando e não permitindo ao cavalo a menor liberdade de movimento. Acham eles que o meio de o cavalo não cair é esse – que são eles que sustentam o animal em equilíbrio.

Para animais de boca já calejada isso ainda passará, tornam-se insensíveis, mas para um animal como eu, que sabe onde tem as pernas, esse estúpido modo de guiar constitui um tormento inútil. Há os cocheiros que procedem de modo inverso: largam de todo as rédeas tão frouxas sobre o lombo do animal que se de improviso acontecer algum acidente não as poderão pegar. Se o animal tropeça ou passarinha nada podem fazer e temos desastre na certa. Comigo não se dava isso, porque não tropeço, nem passarinho; do cocheiro só quero que indique a direção e a rapidez da marcha. Apesar disso gosto de sentir, sobretudo nas descidas, uma leve pressão nas rédeas, como demonstração de que o condutor não está dormindo.

Essa moda frouxa de dirigir os animais torna-os muitas vezes preguiçosos. Mr. Gordon timbrava em nos conservar na melhor forma. Achava que deixar um cavalo cair em mau costume era arruiná-lo, consistindo em crueldade idêntica à praticada com uma criança que os pais deixam com maus hábitos que a vão prejudicar pelo resto da vida.

Esses cocheiros prestam atenção a tudo, menos aos animais. Certa vez um deles me levou num faetonte, onde seguiam uma dama e duas crianças. Bateu-me com as rédeas ao partir e deu-me várias chicotadas absolutamente injustificadas. A estrada era má, com muitas pedras soltas. Ele ia todo o tempo a conversar com a senhora e a fazer graça para as crianças, sem dar nenhuma atenção à minha condução. De repente, uma pedra encravou-se numa das minhas patas dianteiras. Um cocheiro que realmente o fosse teria imediatamente notado qualquer coisa de anormal antes que eu desse três passos, e corrigiria o acidente. Mas o desleixado continuou na conversa, a rir-se e gracejar despreocupadamente – e eu lá com o seixo encravado entre a ferradura e o casco.

Tive de prosseguir assim por um quarto de milha, até que comecei a manquejar. Ele notou e disse:

– Que é isto? Alugaram-me um cavalo manco. Que vergonha! Disse e puxou fortemente as rédeas, gritando:

– Nada de fingir o veterano aleijado comigo, hein? Tens de fazer a viagem toda, mancando ou não. Não vou nessas tretas.

Nesse momento, passou por nós um cavaleiro montado num potro baio. Saudou e parou.

– Perdão, cavalheiro – disse ele amavelmente –, mas creio que o seu cavalo está com qualquer coisa na pata, pedra na ferradura com certeza. Quer que examine? Estas pedras soltas, neste ponto da estrada, são muito perigosas.

– É cavalo alugado – respondeu o bruto. – Pregaram-me a peça de me alugar um cavalo manco, veja só.

O encontradiço apeou e veio examinar minha pata. Ergueu-a.

– Eu logo vi. Está com uma pedra encravada e por isso não pode deixar de mancar.

Esforçou-se por tirá-la; a pedra resistiu e foi preciso que o bom homem usasse um instrumento que trazia no bolso.

– Olhe – disse, mostrando ao meu condutor o seixo. – Veja o que o pobre animal tinha entre a ferradura e o casco. Só me admira não ter caído e machucado os joelhos.

O cocheiro abriu a boca.

– Está aí uma coisa que eu ignorava – disse ele. – Nunca imaginei que acontecesse dessas.

– Nunca? – repetiu o passante com um leve desdém. – Mas isto é o que há de mais frequente, sobretudo numa estrada pedregosa destas. Quem em tais situações não quiser perder o animal tem de deter-se e remediar o acidente. Este pobre animal está com a pata bastante ferida porque caminhou um longo trecho assim. Meu conselho é que deve poupar o cavalo o mais possível, indo bem devagar.

Nós, cavalos de aluguel, passamos inúmeras vezes pelas mais terríveis provas.

# XXIX

# Boçalidade

Há ainda os que dirigem os animais alugados como se fossem máquinas de estrada de ferro. Em geral, homens das cidades, acostumados a viajar de trem. Julgam o cavalo como uma espécie de locomotiva de carne, à qual é indiferente o peso que puxam ou a velocidade da marcha. Desde que é alugado, o cavalo tem que virar locomotiva. Os caminhos podem ser lá o que forem – lamacentos, pedregosos, esburacados. Tudo é indiferente. O cavalo tem que seguir para diante na velocidade máxima, com a carga máxima. Pois não é alugado?

Tais criaturas nunca se lembram de apear para alívio do veículo numa subida. Já que o alugaram e pagaram não há que pôr pé fora dele. O cavalo? Ora, o cavalo! Cavalo foi feito para isso. E tome chicote nas rampas. E tome insultos e pragas.

– Vamos, besta lazarenta! Sobe! – e *lept*, *lept*, chicote em cima.

Isso nos traz um desânimo infinito, porque nós, cavalos, temos a desgraça de nem sequer poder gemer, como acontece com o cão e tantos outros animais.

Sermos assim tratados como locomotivas nos alquebra mais que tudo. Eu prefiro fazer cinco léguas guiado por um bom cocheiro do que uma só com estes boçais sujeitos. Canso-me menos.

Outro ponto: nunca usam o breque, por mais declivoso que seja o caminho. Daí, desastres. E quando o usam, esquecem-se de soltá-lo quando chegam ao plano. Mais de uma vez fui forçado a puxar carros de breque preso, o que multiplica o peso da carga.

Esses homens também usam pôr-nos em disparada, sofreando-nos as rédeas violentamente quando querem parar, movimento esse brutal e que quase nos joga para trás. Acham que nos estacar assim de chofre é o elegante. Quando dobram uma esquina, fazem-no às brutas e desatentos ao que possa sobrevir.

Recordo-me de um caso, certa tarde de primavera. Eu e Rory (era o nome do meu parelheiro nos carros de Bath) tínhamos passado fora o dia todo. De regresso para casa, guiados pelo nosso cocheiro habitual, homem cuidadoso, numa volta do caminho ouvi o tropel de um carro que vinha em nossa direção. Ouvi, mas nada vi: uma sebe nos encurtava o campo de visão. Esse carro vinha conduzido por um dos tais loucos. O desastre foi inevitável: ao dobrarmos a curva veio-nos ao encontro. Rory recebeu o baque em cheio. A lança penetrou-lhe no peito, fazendo-o dar um gemido lancinante que não esquecerei nunca.

O miserável condutor daquela carruagem era uma dessas boçais criaturas que nem sabem o que significa mão numa estrada. Em consequência da sua imprudente estupidez, lá estava o pobre Rory de peito varado, a esvair-se em sangue.

Por pouco não morreu – e antes houvesse morrido. Teve a cura muito lenta, sendo depois vendido para puxar os carros de carvão. O que isso quer dizer só nós sabemos. Esses veículos não usam breque, e torturam cruelmente os animais nas descidas.

Depois da perda de Rory, fui emparelhado com uma égua de nome Peggy, que morava na baia contígua à minha. Forte, bem-formada, de crina e cauda escuras. Embora sem raça, tinha beleza e era extremamente dócil. Da primeira vez que saímos juntos pareceu-me esquisitíssimo o seu andar, entre o trote e o meio-galope, com intervalos e arranques para a frente. Muito desagradável aquilo. Ao regressarmos, perguntei-lhe por que marchava assim.

Peggy mostrou-se desapontada.

– Sei que meu passo é mau, mas que fazer? Não tenho culpa. Tudo vem da curteza das minhas pernas. Somos quase da mesma altura, mas note que do joelho para cima suas pernas têm três polegadas mais que as minhas, daí pode você andar a passos mais largos, melhor e mais depressa. Não tenho culpa. Não me fiz a mim mesma. Todos os males da minha vida decorrem desta curteza de pernas.

– Mas como conciliar isso e o seu vigor e bom gênio? – indaguei.

– Você bem sabe que os homens o que querem é andar depressa e, se um cavalo não acompanha o outro, é chicote em cima. De tanto chicote aprendi este meu modo de acompanhar os outros, e dou às vezes aquele arranque que tanto o surpreende. É o meio de conservar-me sempre emparelhada, ganhando a diferença que a curteza de pernas me traz. Não fui sempre assim. Vivi muito bem com o meu primeiro dono, um pastor ainda jovem que servia a duas igrejas um pouco distantes entre si. Estimava-me muito. Um dia mudou-se de lá e vendeu-me a um agricultor. Os agricultores, em geral, são excelentes donos de cavalos. O meu, porém, era exceção. Absolutamente não dava importância aos seus animais – o que queria era andar depressa, correr. Eu marchava tão rápido quanto a minha natureza me permitia, mas nem assim o homem se contentava – e vinha o chicote. Foi então que adquiri este hábito. Ele tinha o costume de ir à vila e demorar-se pelas tavernas. Quando voltava exigia de mim o máximo de esforço para ganhar o tempo perdido. Uma noite escura em que eu galopava de volta, a roda do cabriolé deu de encontro a uma pedra e lá foi tudo de trambolhão. O homem quebrou um braço e várias costelas. Isso me rendeu ser afastada dali, o que muito me satisfez. Mas a minha sorte é a mesma em toda parte, porque em toda parte noto o mesmo corre-corre. Ah, quem me dera ter pernas compridas como as suas!

Pobre Peggy! Lamentei-a muito, sem poder consolá-la, porque

Pobre Peggy! Lamentei-a muito, sem poder consolá-la, porque compreendo muito bem que martírio é para os cavalos de pernas curtas serem emparelhados com os de pernas compridas. As chicotadas vão ter quase que exclusivamente sobre o lombo do de pernas curtas. Por ser muito mansa, era Peggy frequentemente atrelada ao faetonte de predileção das damas. Pouco tempo depois foi vendida a duas senhoras que guiavam por si mesmas e desejavam animal de absoluta confiança.

Encontrei-a várias vezes após a mudança de dono e vi-a tão contente como um cavalo pode ser. Isso me satisfez, porque Peggy o merecia.

Essa minha companheira foi substituída por um cavalo novo que tinha o hábito de passarinhar. Perguntei-lhe a razão disso.

– Na verdade não sei – respondeu. – Na minha juventude eu, já por natureza tímido, assustava-me à toa e virava a cabeça, sobretudo quando as tais viseiras me cerceavam a visão. Sem voltar a cabeça eu não conseguia ver nada; meu dono então dava-me de chicote, o que me fazia pular para a frente, mas não diminuía o susto. Se ele me deixasse ver de modo completo o que me assustava, creio que iria perdendo o medo e me acostumando.

Certa vez, em que eu o levava em companhia de um amigo já idoso, assustei-me com um papel branco que o vento arrojara no meu caminho. Passarinhei. Saltei de lado. Meu cavaleiro, como de costume, me chibatou. O velho, então, o advertiu.

– É erro isso, meu caro. Nunca se deve dar de chicote num cavalo que passarinha. Ele passarinha por ter medo, por assustar-se. As chicotadas o assustam ainda mais porque são de todo injustificáveis. Dessas palavras concluí que nem todos os homens faziam como o meu dono. E era bem certo aquilo. Não passarinho por querer, por malandragem, e sim por não saber se a coisa que me assusta é perigosa ou não. Do que conheço jamais tenho medo. Fui criado num grande campo onde havia muitos veados e por isso não me assusto com esses animais. Já com outros cavalos não se dá o mesmo. Assustam-se sempre que veem veados.

Era verdade o que me dizia o novo companheiro. Infelizmente nem todos os cavalos podem ter bons senhores e mestres, como eu os tive nas pessoas de Mr. Grey e de Mr. Gordon.

Às vezes encontrava-me com homens entendidos. Lembro-me dum dia em que fui atrelado a um cabriolé e levado à porta de uma casa da Pulteney Street. Saíram de dentro dois senhores. O mais alto achegou-se à minha cabeça, examinou o freio, verificou se a coalheira não estava me machucando.

– Acha que este cavalo precisa de barbela? – perguntou ao cocheiro.

– Creio que pode andar sem isso, pois tem a boca muito branda e apesar de fogoso não lhe conheço manias. Uso barbela porque... porque é uso – respondeu o cocheiro.

– Pois eu não gosto de coisas inúteis; faça o favor de tirar fora essa barbela. Um cavalo de boca sensível é de grande valor numa viagem longa, não acha, meu amigo? – e deu-me umas palmadinhas no pescoço.

Esse senhor tomou as rédeas e conduziu a carruagem. Guiava perfeitamente, sem maltratar-me em coisa nenhuma. Tive a sensação de que o bom tempo antigo voltava.

Tanto gostou de mim, depois de experimentar-me de várias maneiras, que persuadiu um amigo seu, que desejava cavalo de confiança, a comprar-me. E desse modo passei às mãos de Mr. Barry.

## XXX
# O ladrão

Era solteiro o meu novo dono, negociante e morador ali mesmo de Bath. O seu médico aconselhara-lhe passeios a cavalo, sendo essa a razão de ter-me adquirido. Alugou uma estrebaria perto de casa e contratou um homem de nome Filcher para tratador. Meu dono pouco entendia de animais; apesar disso me tratava bem. Certas circunstâncias, todavia, vieram estragar as agradáveis perspectivas. Ele encomendou feno da melhor qualidade, feijão moído, farelo, aveia, centeio e o mais que o tal Filcher disse ser necessário. Fiquei muito alegre com a alimentação que me esperava.

Por algum tempo tudo correu bem. O meu tratador parecia entender do ofício. Conservava em bom estado de asseio a estrebaria, lavava-me, escovava-me na regra. Havia sido empregado num dos grandes hotéis da cidade; depois mudara de serviço: passara a cultivador e vendedor de hortaliças no mercado. Sua mulher criava galinhas e coelhos. Ao fim de algumas semanas notei que minhas rações de aveia diminuíam e que o feijão me vinha misturado com farelo em vez de aveia. E continuaram a diminuir a ponto de ir-me tornando cada vez mais fraco. Feno tinha-o bastante, mas a falta da aveia me prejudicava muito. Como me queixar? Como fazer chegar o abuso ao conhecimento de Mr. Barry?

Passaram-se assim dois meses e admirei-me de que ninguém descobrisse coisa alguma. Uma tarde, porém, num dos seus passeios, Mr. Barry chegou à casa de um conhecido, morador na estrada de Wells. Veio recebê-lo um sujeito de olhar vivo. Logo que pôs em mim os olhos disse:

– Parece-me, Barry, que este cavalo não está em tão bom estado como quando o comprou. Esteve doente?

– Doente não esteve, mas noto que já não tem o fogo do começo. Meu tratador diz que é assim mesmo, que os cavalos enfraquecem no outono e por isso nada era de estranhar.

– Enfraquecem no outono nada! Lorotas. Que rações recebe ele?

Ao ouvir desfiar o cardápio, o homem meneou a cabeça com incredulidade e pôs-se a apalpar-me.

– Que você lhe compra aveia, acredito, mas duvido que ele a coma. Veio depressa?

– Não. Bem devagar até.

– Ponha a mão aqui – disse, apontando para meu pescoço e espáduas. – Está suado como animal que só se alimenta de feno. Meu conselho, Barry, é que dê suas voltas com mais frequência pela estrebaria. Não quero ser maldizente, mas devo recordar que há piratas que até furtam aveia aos pobres animais que não falam. Sei de muitos casos. Desconfie, meu caro, e olho vivo.

"Animais que não falam", dissera ele. É isso mesmo. A nossa desgraça é não possuirmos o dom da palavra, não podendo assim nos queixar do mal que nos fazem. O meu tratador costumava vir todas as manhãs com o seu filho, o qual trazia uma cesta de tampa. Ambos entravam para o quarto dos arreios. Era na arca existente lá que Filcher escondia a aveia furtada.

Depois de avisado, meu dono ficou atento, e um belo dia, quando o pequeno ia saindo com minha aveia, surgiu de trás da porta um soldado.

– Venha cá, meu menino – disse-lhe em tom irônico. – Venha mostrar-me o lugar onde seu pai esconde a aveia com que cria coelhos.

O menino assustou-se e deu de chorar; mas não teve remédio senão fazer o que o soldado mandava. Entrou no quarto de arreios e mostrou a arca onde Filcher escondia seus furtos.

O ladrão fugiu, mas inutilmente. Apanharam-no e levaram-no à corte, onde pegou dois meses de prisão. Foi muito bem feito!

# XXXI

# Embuste

Não foi fácil descobrir imediatamente um bom substituto para o ladrão, mas afinal apareceu. Era um homem alto, de boa aparência, o tal Alfred Smirk. Um perfeito embusteiro. Muito afável e cuidadoso comigo – sempre que o patrão estava perto, escovava-me na perfeição, agradava-me muito. Mas só. Na realidade, tanto cuidava de mim como de uma vaca que estivesse a mil milhas dali. O freio enferrujava, a sela encolhia molhada, o rabicho nunca via graxa. Era o relaxado dos relaxados.

Smirk tinha-se na conta de homem bonito; passava a maior parte do tempo ao espelho, arrumando a pastinha e examinando a pele. Quando falava com o patrão era só "Sim, meu senhor" a cada palavra que Mr. Barry dizia. Uma perfeição de gentileza. Todos se encantavam dele, achando que Mr. Barry tinha descoberto uma preciosidade.

Homem mais preguiçoso e egoísta, entretanto, jamais passara antes pelo meu caminho. A sujeira da estrebaria começava a tornar o ar irrespirável.

Um dia o patrão o notou.

– Smirk, esta estrebaria está com muito mau cheiro. Não acha que é caso de uma limpeza minuciosa? Uma boa lavagem?

– Pois não, meu senhor. Farei como meu senhor manda, embora seja perigoso lavarem-se as baias dos animais de sela. Eles são muito suscetíveis a resfriados e é por isso que conservo a estrebaria assim. Mas o patrão manda e acabou-se.

– Espere, disse Mr. Barry. Não quero que o cavalo se resfrie, mas também não quero que a estrebaria se transforme numa fétida esterqueira. Será que os esgotos estão obstruídos?

– Acho que é isso, meu senhor. Os esgotos devem estar entupidos e deles provém o mau cheiro.

– Pois veja um pedreiro e faça-me consertar isso.

Veio o pedreiro, descobriu a calha do esgoto e não achou nada entupido. Remendou tudo de novo, espalhou cal por cima e cobrou ao patrão cinco xelins, ficando tudo como antes. O cheiro persistia horrível. O pior era que Smirk não renovava a palha da minha cama, palha podre e sempre úmida. Disso me veio uma doença nos pés. Mr. Barry por várias vezes se queixou.

– Não sei que tem este cavalo; anda como que patinhando. Tenho medo que tropece e caia.

– É verdade, sim, meu senhor – advertiu Smirk. – Venho notando isso nos passeios que lhe dou.

Era mentira. Ele nunca me passeava, e se acontecia meu dono levar dias sem montar-me eu apodrecia ali, naquela imobilidade forçada, a despeito do meu excesso de vida. Fui-me tornando pesadão e estúpido, e também desassossegado e febril. Por ignorância ou preguiça, a alimentação não era a racional. Sempre desequilibrada, por mais abundante que fosse. E em vez de corrigi-la, Smirk vinha com remédios, beberagens e pílulas que ainda mais agravavam os meus padecimentos.

Num dos passeios com meu dono, tropecei duas vezes, tão doloridos e sensíveis tinha os pés. Ele deteve-se na oficina de um ferrador e pediu-lhe que me examinasse os cascos. O homem assim fez.

– Está bem doente dos cascos, senhor, e até me admiro de ter apenas tropeçado. Num cavalo assim ninguém deve montar.

Esta doença provém das estrebarias sujas, onde o esterco nunca é tirado. Mande-o para cá que o deixarei são – e mande também o seu tratador, que está precisando de umas lições.

    A coisa mudou daí por diante. O ferrador tratou-me dos cascos com todo o capricho e fez uma limpeza minuciosa na minha estrebaria. Também modificou minha alimentação, compondo-a de um modo mais racional. Graças a isso, logo sarei e voltei a ser o cavalo brioso de sempre. Mas Mr. Barry ficou tão aborrecido com os tratadores que desistiu de ter cavalo. E fui mais uma vez revendido.

## XXXII

# A feira

Nada mais divertido, e mais cheio de lições, do que uma feira de animais.

Longas filas de cavalos novos, provenientes dos criadouros vizinhos; lotes de peludos cavalos galeses, do tamanho de Flying; cavalos de carroça às centenas, de todas as cores e tipos; muitos de caudas longas, trançadas e com laços de fita vermelha; outros como eu, de boa aparência e melhor raça, porém rebaixados de classe em consequência de algum defeito físico. Vê-se de tudo nas feiras.

Aparecem por lá animais excelentes, que os vendedores fazem trotar à vista dos candidatos, e exibir seus méritos. Quando os passeiam, o tomador de conta os mantém pelo bridão e trota junto. O triste, entretanto, é uma seção mais discreta onde se reúnem os animais estropiados, de joelhos ressaltantes e pernas bambas; veem-se ali também os velhos, de beiços caídos e orelhas inclinadas para trás, sempre imóveis na atitude de quem nada mais espera da vida; alguns tão magros que é possível contar-lhes o número das costelas, e outros afeiados de horrendas pisaduras no lombo. Incrível que um cavalo chegue a tais estados de miséria física.

O movimento de negócios é intenso, com muito regateamento de preços – e mentiras. Em nenhum lugar no mundo se mente mais, se exercita mais a velha arte da velhacaria com o intuito de enganar o comprador. A mim me puseram num lote de cavalos vigorosos que era muito visitado. Fiz má figura. Os compradores torciam o focinho diante das cicatrizes do meu joelho. Só lá um ou outro se interessava. Abriam-me então a boca à força para me examinar os dentes. Também me examinavam os olhos, apalpavam-me os músculos das pernas e outras partes do corpo; depois experimentavam-me o andar.

Variavam muito os homens nesse exame. Uns o faziam com brutalidade, como se eu não passasse de um cavalo de pau; outros mostravam-se delicados e gentis, acariciando-me com palmadinhas, como quem diz: "Dá licença?". Por esses modos de tratar eu ia avaliando o caráter de cada um.

Entre os poucos que se interessaram por mim, houve um que também me interessou. Não era fidalgo nem pedante. Um homenzinho atarracado, robusto, de movimentos vivos. Falou-me com bondade – bondade que se refletia em seus olhos castanhos. Podem caçoar do que vou dizer, mas esse homem até cheiro bom tinha; nada de cheiro de cerveja ou fumo, que detesto, mas um sadio cheiro de feno que acaba de ser trazido do celeiro. Ofereceu por mim vinte e três libras, preço que foi recusado. Retirou-se. Acompanhei-o com os olhos até vê-lo perder-se na multidão. Apresentou-se depois um homem de mau aspecto, que muito receei fizesse negócio. Dois outros examinaram-me apenas por curiosidade, sem interesse em adquirir-me.

O homem mal-encarado voltou então e ofereceu por mim vinte e quatro libras – e por um triz que o negócio não se fechava. O meu dono estava com medo de não conseguir oferta maior. Felizmente o homenzinho que recendia a feno reapareceu. Estendi para ele a cabeça imploratíva. Ele coçou-me amigavelmente a testa.

– Meu velho – disse ao vendedor –, creio que agora faremos negócio. Dou vinte e quatro libras pelo cavalo.

– Chegue às vinte e cinco e leva-o já.

– Vinte e quatro e dez xelins, último preço. Pegar ou largar. Resolva.

– Está fechado – disse o vendedor. – E pode crer no que digo: é cavalo de grandes qualidades; para cabriolé não conheço melhor. Por esse preço, é uma bagatela.

O dinheiro mudou de mãos. Meu novo dono tomou-me pelo cabresto e levou-me para uma estalagem ali perto, onde tinha a sela e o mais. Deu-me boa ração de aveia e ficou ao meu lado enquanto eu comia, falando ora consigo mesmo, ora comigo.

Meia hora depois estávamos a caminho de Londres, por estradas ótimas que atravessavam campos de rara beleza. Por fim alcançamos a grande metrópole, através da qual trotei o resto do dia. Vi acenderem-se os lampiões de gás. Ruas de todos os lados, que se cortavam em ângulo reto por léguas e léguas. Tive medo de que nunca chegássemos ao fim. De passagem, atravessamos um largo onde estacionavam muitos *cabs*. Meu homenzinho gritou com voz alegre:

– Boa noite, general!

– Olá! – respondeu alguém. – Descobriu um bom cavalo?

– Parece que sim.

– Seja feliz, então.

– Obrigado. Assim o espero. Adeus.

Pouco adiante dobramos uma esquina e tomamos por uma rua estreita, de casas toscas, que me deram a impressão de cocheiras. Meu dono deteve-me em frente de uma delas e assobiou. A porta abriu-se e vi aparecer uma senhora ainda moça, seguida de um casal de meninos. Grande alegria no encontro.

– Henry, meu filho, abra o portão – gritou o homenzinho. – E você, Mary, veja a lanterna.

Logo depois todos me rodeavam em um pequeno pátio de estrebaria.

– É manso, papai? – indagou a menina.

– Sim, Thea, manso como gato de colo. Venha fazer-lhe uma festinha.

A gentil criança, erguida nos braços do pai, correu-me a mão pelas espáduas. Senti uma sensação agradável.

– Enquanto você o escova, vou ver a ração de farelo – disse a mulher.

– Sim, Mary. É justamente o que ele está pedindo. E para mim? E o meu farelo? Estou com fome.

– Está pronto o jantar, Jerry.

– Pudim de linguiça, pastel de maçãs – gritou o menino, e todos riram-se.

Fui colocado numa boa baia, muito limpinha, com excelente cama de palha bem seca. Senti-me satisfeito, certo de que iria ser feliz.

# XXXIII

# Um cavalo de *cab* em Londres

Meu novo dono chamava-se Jeremias Barker, de apelido, Jerry. Mary, sua esposa, era a melhor companheira que um homem podia ter. Gorducha e graciosa, baixinha, de lindos lábios e olhos sempre risonhos. O filho mais velho estava já chegando aos doze anos, e a pequena Dorothy, ou Thea, devia ser o retrato da mãe naquela idade. Todos se queriam muito; não me lembro de ter conhecido família mais feliz.

Jerry possuía um *cab* e dois cavalos que ele mesmo tratava, eu e um alto avermelhado, ossudo, a quem chamavam Captain. Estava já velho, o Captain, mas devia ter sido perfeito quando moço. Era de raça pura, bem-educado, com uns modos de nobreza e um altivo porte de cabeça. Contou-me que havia estado na Guerra da Crimeia, onde o montara um oficial de cavalaria. Falarei dele em tempo oportuno.

No dia seguinte, depois da minha toalete e ração, Mary e a filhinha vieram ao pátio ver-me; ficamos logo amigos. Mary deu-me um pedaço de maçã, e Thea, um de pão, e fizeram-me tantas festas como se eu fosse ainda o célebre Beleza Negra dos velhos tempos. Senti grande prazer em ser mimado à moda antiga, e demonstrei-lhes como pude minhas intenções de retribuir aquelas bondades. Mary opinou que se não fosse o joelho pelado eu seria bom e bonito demais para *cab*.

– Não encontrei ninguém que me pudesse informar sobre a causa dessa peladura dos joelhos – disse Jerry. – Na dúvida, o tratarei muito bem, porque ainda não vi cavalo mais firme e certo. Vamos batizá-lo de Jack, como ao velho, não acha, Mary?

– Sim, gosto de conservar os nomes antigos – concordou a esposa.

Captain passou fora toda a manhã, atrelado ao *cab*. À tarde, depois que Henry voltou da escola e me deu água e comida, tomei o seu lugar. Jerry não esqueceu de examinar se a coalheira e o freio se ajustavam bem – tal como John Manly fazia. O rabicho teve de ser encompridado dois furos. Tudo mais estava a meu gosto. Nada de rédeas de restrição, nem de barbela. Um simples bridão. Que prazer!

Saímos. Fomos parar no ponto de estacionamento dos *cabs*. Era uma rua larga, de prédios altos, com muitas lojas nos andares térreos. Havia, de um lado, uma igreja com cemitério gradeado em torno. Ao longo dessa grade, os *cabs* estacionavam. Restos de feno pelo chão, cocheiros conversando, uns na boleia, outros apeados; alguns liam jornais. Colocamo-nos no extremo da fila. Diversos se aproximaram para ver-me.

– Muito bom para enterro – disse um.

– Parece-me fogoso demais – sugeriu o segundo, meneando a cabeça como um grande sabido. – Mais dia, menos dia, aparece-lhe o defeito.

– Tenho então tempo de ficar sossegado, enquanto não vier esse dia – respondeu Jerry de bom humor.

Por fim, aproximou-se um homem de cara cheia, trajando capote cinzento com sobrecapas, chapéu da mesma cor e cachecol. Tinha os cabelos grisalhos e a fisionomia alegre. Todos lhe cediam a vez. Examinou-me detidamente, como para negócio. Depois declarou solene:

– Acertou, Jerry. Seja lá quanto for que deu por este animal, está otimamente servido.

Essas palavras de uma autoridade firmaram a minha reputação em Londres.

Chamava-se este homem Grant, ou "Grey Grant", ou "General Grant". Era o mais antigo veterano daquele ponto e com autoridade moral sobre todos os outros. Dirimia as contendas com equidade, num bom humor constante. Mas se bebia um pouco mais da conta, tornava-se perigoso; ninguém, então, tinha coragem de lhe enfrentar os tremendos murros.

Minha primeira semana como cavalo de *cab* foi penosa. Eu não estava acostumado à vida das cidades grandes e viera cair justamente na maior de todas. O barulho, a pressa, a infinidade de cavalos, carruagens e carroças por entre os quais tinha de atravessar tornavam-me ansioso e aflito; quando, porém, percebi que podia confiar plenamente no meu condutor, fiquei tranquilo.

Jerry revelou-se um cocheiro perfeito, como jamais conheci igual, e, o que era melhor, tinha tanto cuidado com os seus animais como consigo mesmo. Bem depressa conheceu a minha boa disposição para o trabalho, de modo que jamais me chicoteou. Usava o chicote apenas para corrê-lo pelo meu lombo como sinal de mais velocidade.

Em pouco tempo estabeleceu-se entre nós um entendimento perfeito, o máximo que pode existir entre um homem e um cavalo. Na estrebaria não descuidava de proporcionar-nos tudo quanto pudesse contribuir para o nosso conforto. Conservava-nos muito bem-tratados de pelo e cascos; dosava sabiamente as rações. Água sempre da mais limpa e fresca e à vontade. A maior parte das pessoas acha que um cavalo não deve beber quanto quer. Erro. Muito melhor bebermos frequentemente, um pouco de cada vez, do que só de tempos em tempos e aos baldes. Esse espaçamento excessivo nos deixa abatidos e sequiosos. E somos forçados, quando bebemos, a beber demais, o que não é bom.

O melhor, porém, de que gozávamos naquele lugar, eram os domingos, dias consagrados ao descanso. Tanto trabalho tínhamos durante a semana que seria impossível aguentar o serviço se não fosse aquela abençoada pausa domingueira. Passávamos, então, o tempo a trocar confidências – e foi assim que me pus a par de toda a história de Captain.

# XXXIV

# Cavalo de guerra

Captain fora domado e preparado para serviço de guerra. Teve como primeiro dono um oficial de cavalaria que fez a campanha da Crimeia. Descreveu-me os exercícios militares – a cavalhada toda trotando junta, virando junta à direita ou à esquerda conforme o toque de comando, ou avançando em galope de carga. Teve fama de perfeito na sua gloriosa mocidade e foi sempre muito bem-tratado.

Confessou-me que a vida de um cavalo de guerra nada tinha de desagradável, isso na Inglaterra. Teve depois de atravessar o oceano a bordo de um enorme navio – e então mudou de opinião.

– A aventura foi terrível – disse ele. – Como não pudéssemos entrar no navio pelos nossos próprios pés, os homens nos suspendiam com correias pelo ventre, à força de guindastes, e apesar do nosso esperneamento nos içavam para bordo. Lá ficávamos em baias acanhadas durante dias e dias, sem ver nesga de céu nem fazer o menor exercício. Às vezes o navio jogava terrivelmente, o que nos produzia um penoso mal-estar: o enjoo. Chegamos por fim ao nosso destino, e de novo, por guindastes, fomos descidos para terra firme. Que alegria! Como relinchamos e pinoteamos e nos espojamos felizes!

Vimos logo que a terra para onde nos levaram era muito diferente da nossa em tudo, e pressentimos ter de enfrentar grandes trabalhos. Felizmente os nossos tratadores eram carinhosos; tudo faziam para nos aliviar a sorte. Quanta neve! Quantos tropeços!

E Captain ficava pensativo, a rememorar o passado.

– E que me diz das batalhas? – perguntei. – Não era o pior de tudo?

– Não sei. Gostávamos de ouvir os toques de corneta, e muito nos impacientávamos com as esperas. Quando soava o toque de avançar, precipitávamo-nos para a frente em fúria louca, sem o mínimo pensamento para as balas de canhão ou baionetas. Avançar! Avançar! Só tínhamos isso na cabeça.

Enquanto sentíamos o nosso cavaleiro firme na sela, nenhum de nós cedia ao medo ou pânico, por mais balas e estilhaços que silvassem em redor.

Fui feliz. Entrei em numerosos combates sem nunca ser ferido. Nem eu, nem o meu oficial. Nunca senti medo, apesar de inúmeras vezes ver meus companheiros caírem ao lado, varados de balas, atravessados de lanças ou horrivelmente cortados a sabre. Ficavam para trás a gemer e lá seguíamos para a frente. A voz firme do meu oficial estimulando os seus soldados dava-me a impressão de que nada me aconteceria. Era tanta a confiança que eu depositava nesse homem que até avançar sobre uma boca de fogo eu avançava, ao menor sinal seu.

Vi muitos soldados corajosos caírem mortalmente feridos das selas. Ouvi muito gemer de moribundos. Pisei muita poça de sangue fresco. Saltei por cima de muitos homens e cavalos caídos. Mas um dia... – O velho Captain parou para tomar fôlego. Depois prosseguiu: – Foi numa linda manhã de outono. Como de hábito, uma hora antes do amanhecer nosso esquadrão preparara-se para a refrega: ficara de prontidão à espera do toque de avanço. Cada soldado se conservava rente à sua montaria selada.

Mal começou a clarear o dia, notei certa excitação entre os oficiais; logo depois os canhões inimigos troaram.

Soou o toque de montar. Num relance, fomos cavalgados. Ficamos imóveis, atentos ao toque imediato. Eu ocupava um posto na primeira fila. Meu cavaleiro deu-me palmadas no pescoço, dizendo:

– Vamos ter um dia terrível, Bayard, mas cumpriremos com nosso dever, como sempre.

Notei que naquele dia me acariciava o pescoço de um modo diferente, como que distraído e com o pensamento longe. Eu gostava daqueles mimos e ansiava por corresponder da melhor maneira.

Não posso contar tudo quanto ocorreu nesse dia terrível; vou logo ao fim, descrevendo o último ataque que demos. Pela frente víamos um vale, do outro lado do qual se escondiam as baterias contrárias. Já estávamos perfeitamente habituados ao rugir dos canhões, ao sibilar das balas de carabina, entretanto nunca sofrêramos bombardeio tão pesado como naquele dia. Verdadeira tempestade de ferro. Balas e bombas choviam sobre nós vindas de todas as direções. Muitos valentes morreram, muitos cavalos perderam os seus montadores, disparando pelo campo às tontas, depois regressavam ao esquadrão, onde se colocavam em forma para o ataque como se ainda estivessem cavalgados.

Apesar da carnificina, ninguém voltava as costas. As nossas fileiras iam diminuindo, e tínhamos de nos juntar para conservar o bloco. Avançávamos a galope. Cada vez nos aproximávamos mais das baterias mortíferas. Víamos a fumaça branca erguer-se em nuvens no ar. Víamos o rubro dos fogachos na boca das peças.

O meu oficial encorajava-me, e aos seus companheiros, acenando no ar com a espada. De repente, uma bala silvou sobre minha cabeça e percebi que o apanhara. Senti uma convulsão sobre meu lombo. Mas não lhe ouvi um gemido. Esforcei-me por sofrear o ímpeto. Sua espada caiu-lhe das mãos, bem como as rédeas; seu corpo inclinou-se para trás, escapou da sela, veio abaixo. O turbilhão de cavalos que me seguia arrastou-me para a frente. Fui arrastado para longe de onde meu oficial caíra.

Eu bem queria conservar-me ao seu lado para defendê-lo de ser pisoteado, mas não foi possível. Sem dono agora, sem o meu grande amigo, entregue a mim mesmo, vi-me só naquele campo de matança. O terror apoderara-se de mim; tremi como nunca. Procurei recolocar-me na fila, mas os soldados, vendo-me sem homem na sela, repeliram-me com a ponta das espadas.

Afinal um sargento que perdera o cavalo agarrou-me e montou. Criei alma nova, como se de novo me houvesse completado. Na guerra, o cavaleiro completa o animal. Sem ele na sela, sentimo-nos como que aleijados.

Avançamos de novo. Aconteceu, porém, que o nosso regimento foi duramente repelido, e os sobreviventes tiveram de retornar a galope desordenado para o ponto de partida. Numerosos cavalos estavam perdidos, mortos pelo campo. Outros sangravam de horríveis feridas. Outros tentavam levantar-se em três pernas, tendo a quarta espedaçada. Nunca me esquecerei os lastimosos gemidos de dor que ouvi, nem os olhares suplicantes dos que ficavam no campo entregues à sua triste sorte. Foram recolhidos os homens feridos, e enterrados, os mortos.

– E que fizeram dos cavalos feridos? – indaguei.

– Os veterinários do acampamento percorreram o campo de batalha e a tiros de revólver deram cabo de todos os que se achavam irremediavelmente feridos. Aqueles com ferimentos leves foram trazidos para o acampamento e tratados. Infelizmente ficamos desfalcados. Só reapareceu nas cavalariças de campo a quarta parte da cavalaria. O resto pereceu.

– E o seu oficial?

– Nunca mais o vi. Devia ter caído da sela já morto. Cavaleiro como ele, amigo como ele, jamais conheci outro. Tomei parte em novas lutas, sendo ferido levemente em uma delas. Depois vi-me reconduzido para a Inglaterra, ainda forte e nas boas condições em que partira.

– Pois tenho ouvido falar da guerra como coisa muito bonita – ponderei.

– Oh, isso diz quem não a conhece. Há uma coisa agradável: o preparo para a guerra, os exercícios, as paradas, os combates simulados. Isso, sim, tem beleza e entusiasma. Mas a guerra de verdade, a carnificina, o massacre em massa, oh, isso é a coisa mais horrorosa que a gente possa imaginar.

– E por que lutaram os homens dessa maneira?

– Não sei. É coisa que excede à minha compreensão. Mas acho que o motivo devia ser muito forte, para nos levarem daqui com tantos gastos e se arriscarem a perder tanta gente. São coisas que os homens sabem, se é que sabem.

# XXXV

# Jerry Barker

Nunca vi homem melhor que o meu novo dono. Bondoso, amável e da mesma estrutura moral de John Manly. Com ele ninguém brigava, nem sequer disputava. Jerry era muito amigo de compor canções. Lembro-me de uma que ele cantava sempre. Família feliz. Henry, o menino, lidava na estrebaria com a habilidade de um velho tratador; aplicadíssimo, não sabia o que era deixar serviço para depois. Mary e Thea vinham todas as manhãs ajudar na lavagem do *cab*; depois batiam os tapetes, os assentos almofadados e limpavam os vidros enquanto Jerry cuidava de nós. Faziam o serviço entre risadas, numa conversa amiga que dava gosto ouvir.

Apareciam ali muito cedo cada manhã, de acordo com um dito de Jerry: "Quem esperdiça minutos pela manhã não consegue reavê-los durante o dia; por mais que corra, que voe, nunca apanha de novo os minutos que perdeu".

Jerry não perdoava nenhum retardamento por motivo de ociosidade, desleixo, desperdício de tempo, e nada o aborrecia tanto quanto os retardatários que, para recuperar o tempo perdido, queriam que o *cab* corresse com velocidade máxima.

Certa vez dois rapazes sem modos saíram duma taverna próxima e gritaram:

– Olá, cocheiro, estamos atrasados, temos de pegar o trem das duas na Victory Station. Dispare a cavalgadura. Terá um xelim de gorjeta.

– Não posso – respondeu Jerry. – Só ando no passo regular.

Xelins de gorjeta não me recompensam o excesso de velocidade.

– Pronto, patrão! – gritou ao lado outro cocheiro, o Larry, abrindo a portinhola. – Levá-lo-ei a galope, e com garantia de que pega o trem. Suba.

Depois, lançando uma olhadela para Jerry:

– O passo ali do amigo é o passo do urubu malandro. Tem dó do cavalo, diz ele...

E com uma chicotada na sua cavalgadura frouxa, lá partiu. Jerry não deu tento às ironias. Bateu-me uma palmada no pescoço, dizendo na sua voz alegre:

– Veja se um xelim iria pagar o seu sacrifício, Jack! Não, não. Eu sei o que faço.

Apesar de recusar-se a correr para os relaxados, uma vez ou outra, quando era caso de um sacrifício justificado, Jerry não se recusava.

Certa vez estávamos em nosso ponto de estacionamento quando um moço, a conduzir pesada mala, escorregou numa casca de laranja e caiu no passeio. Jerry correu a erguê-lo. Acudiram também outros, e levaram-no para a farmácia próxima, onde o deixaram. Dez minutos depois de Jerry voltar ao seu *cab*, veio um empregado da farmácia saber se ele podia levar o rapaz a uma certa estação.

– O moço está com medo de que o acidente o faça perder o trem do meio-dia e promete pagar taxa dupla se levado a tempo.

– Não haja dúvida – respondeu Jerry, e foi com o *cab* pegar o moço. Um "Vamos!" alegre, um boleio de rédea e partimos.

– Agora, Jack, havemos de mostrar que sabemos o que é correr. Quando o caso o merece – disse-me ele.

É sempre difícil guiar um carro com velocidade numa rua entupida de veículos como era aquela – mas não há dificuldades para um bom cocheiro e um animal de boa vontade. Eu tinha a boca certa – quero dizer, podia reagir aos mínimos sinais da rédea, o que é de grande valor numa cidade como Londres, de tráfego intenso. Veículos em todas as direções, e veículos de todas as espécies, cada qual procurando ganhar a dianteira, ou parando por qualquer motivo, ou mudando de rumo. É preciso andar com atenção, contando com tudo, desviando-se deste, cedendo o passo àquele, tomando avanço sobre aquele outro. Sem enorme prática, impossível trafegar em certas ruas de Londres.

Eu e Jerry tínhamos já grande traquejo, de modo que vencíamos todos os embaraços. O chicote raras vezes era usado; bastava-me o movimento das rédeas e sua voz. Nesse dia, encontrei as ruas no apogeu do tráfego, e em Cheapside tivemos uma parada por congestionamento. Perdemos três ou quatro minutos. O moço pôs a cabeça de fora e disse:

– Creio que será melhor descer e seguir a pé. Assim não chegaremos nunca.

– Nada posso afirmar, mas em regra esses congestionamentos não duram muito. Acho bom esperar. A mala é pesada e a distância não é pequena.

Mal acabou de falar, abriu-se um claro à nossa frente por onde Jerry entrou. Conseguimos ganhar uma fila que se movia e lá trotamos sem mais embaraços até a estação. Chegamos a tempo – oito minutos antes de meio-dia.

– Ora graças! exclamou o moço. Muito agradeço ao amigo a habilidade e dou-lhe parabéns pelo cavalo que possui. Prestou-me um grande serviço, creia. Tome estes três xelins de gorjeta.

– Não, senhor – respondeu Jerry. – Fico muito satisfeito de ter alcançado o trem, mas não é caso de gorjeta. E apresse-se, que senão o perde. Olá, carregador! Leve a mala deste moço. Trem para Dover, do meio-dia. – Disse isso, entregou a mala e desviou-se dali para dar espaço a outros.

– Estou contente – murmurou ele. – O pobre do rapaz! Muito queria eu saber o que é que o põe tão aflito para apanhar esse trem.

Jerry falava consigo mesmo a meia-voz, de modo que eu podia acompanhar-lhe todos os pensamentos.

Na volta ao ponto, os outros cocheiros caçoaram dele alegando que havia afinal quebrado o sistema de não correr por amor a gorjetas, e indagaram quanto havia recebido.

– Muito mais do que habitualmente vocês recebem – respondeu Jerry. – Ganhei o necessário para viver vários dias.

– Hipócrita... – murmurou um.

– Embusteiro! – disse outro. – Vive a pregar-nos sermões e faz a mesma coisa.

– Escutem, rapazes. Aquele moço ofereceu-me três xelins de gorjeta, que recusei. Bastou-me ver o prazer que lhe dei em chegar oito minutos antes do trem. Fiquem sabendo que se de quando em quando me meto a correr, isso é coisa que só a mim diz respeito e ao meu Jack. Ninguém mais tem nada que ver com isso.

– É por pensar assim que nunca fica rico – resmungou Larry.

– Pode ser que sim, mas sou feliz e é o que quero. Leio sempre os mandamentos da lei de Deus, entre os quais não vejo nenhum que diga: "Tu serás rico". Em compensação, encontro na Bíblia tais coisas sobre as riquezas que me sentiria infeliz se as tivesse.

General Grant interveio.

– Se algum dia você enriquecer, Jerry, será feliz da mesma maneira, porque não se tratará de riqueza maldita. Já aqui o amigo Larry, esse acabará na miséria, sem dinheiro nem para comprar um novo chicote.

Era alusão ao muito que Larry gastava em chicotes.

– Está claro – respondeu ele. – Sem chicotes os cavalos não andam.

– Já experimentou? Nunca o vi dar uma palavra boa a esse pobre cavalo, como faz aqui o Jerry.

– É que não tenho sorte. Sou azarento.

– E nunca a terá – concluiu Grant. – A sorte só escolhe e protege os que têm bom senso e coração. É isso o que diz a minha experiência de longos anos.

Grant voltou ao seu jornal, e os outros, que haviam formado roda, afastaram-se pensativos.

## XXXVI
# O *cab* de domingo

Certa manhã em que Jerry me atrelava ao *cab*, um senhor apareceu por lá.

– Bom dia, Mr. Barker. Vim para ver se trato consigo um serviço permanente, levar Mrs. Briggs à igreja todos os domingos de manhã. Frequenta uma igreja muito distante de casa para que possa ir a pé.

– Agradeço-lhe muito a preferência, Mr. Briggs – respondeu Jerry –, mas a minha licença é só para seis dias de trabalho na semana; estou por isso impedido de guiar aos domingos.

– Se o problema é só esse, tudo pode ser remediado. Tirará a licença para os domingos por conta de Mrs. Briggs. Ela faz muita questão de ser servida pelo senhor mesmo.

– E eu tenho muito gosto em servi-la; entretanto, uns tempos em que tirei licença para sete dias na semana, verifiquei que era serviço excessivo para mim e meus cavalos. Pense no que é trabalhar do começo ao fim do ano sem um dia de folga para passeios com a família. Foi a experiência que me fez reduzir a semana de trabalho a seis dias.

– Também penso assim – retrucou o homem. – Mas neste caso não irá trabalhar o domingo inteiro. Fará apenas essa corrida pela manhã. Sobrará quase todo o dia para o seu descanso e o dos animais, além de que somos bons fregueses, como sabe.

— Sei, sei, e reconheço que muito lhes devo, e tudo farei para lhes ser agradável, menos sacrificar meus domingos. Coisa que vem dos começos do mundo, esse descanso semanal. Até Deus, diz a Bíblia, fez o mundo em seis dias e descansou no sétimo; ele, que era Deus. Dou-me bem com o regime dos seis dias, e os meus cavalos, idem. Todos os cocheiros que trabalham seis dias dizem o mesmo; e, curioso, tenho guardado mais dinheiro em caixa agora que só trabalho seis dias do que quando trabalhava sete. Além disso, há a mulher e os filhos. Eles não consentiriam que eu lhes furtasse os domingos.

— Muito bem, Mr. Barker. Já que é assim, paciência. Procurarei outro — disse o homem e retirou-se.

— Mary! Venha cá! — gritou Jerry, e a esposa gorducha logo apareceu.

— Sabe? Mr. Briggs quer que eu leve Mrs. Briggs à igreja todas as manhãs de domingo. Respondi que não, que os domingos eram só nossos, mas estou a refletir. Eles são ótimos fregueses, dos que pagam sem regatear, e tenho receio de que, com a minha recusa, mudem de cocheiro. Que acha você?

— Pois eu acho que ainda que ela pagasse cinco xelins por domingo não era negócio para nós. Já sabemos por experiência o que é a semana de sete dias de trabalho contínuo. Não, não. O que você ganha em seis dias dá para que vivamos felizes, apesar dos apertos que às vezes sofremos. O Henry, porém, está mocinho e breve também ganhará alguma coisa. Não, não. Tenho horror àquele tempo em que você não tinha um minuto para se dedicar a mim e às crianças. Só quero que aquilo nunca mais aconteça.

— Foi o que declarei a Mr. Briggs, Mary, e estou firme na resolução. Não faça essa cara de choro. Se você, por ambição de mais dinheiro, cedesse, eu também poderia ceder, mas já que minha mulherzinha pensa desse modo, o caso está liquidado.

Assim ficou, mas Jerry perdeu a boa freguesa. Três semanas se passaram durante as quais nenhum chamado recebeu dos Briggs. Teve de contentar-se com a freguesia ocasional do ponto de estacionamento, o que veio encurtar as rendas já magras do excelente casal. Mary, entretanto, o encorajava.

– Não se apoquente, Jerry. Quem faz o que deve cedo ou tarde receberá recompensa.

A razão de os Briggs terem largado o seu velho cocheiro foi logo sabida, e todos puseram-se a rir de Jerry e a chamá-lo de tolo. Dois ou três colegas apenas tomaram o seu partido.

– Se os operários não defendem o seu direito de descanso aos domingos, breve o perderão para sempre. Receberam-no da lei de Deus e da lei da Inglaterra. É uma conquista. Devemos mantê--la e transmiti-la aos nossos filhos.

– Para vocês religiosos estará muito bem assim – contrariou Larry; – eu, entretanto, nunca perderei oportunidade de ganhar mais uns xelins, seja em que dia for. Essa coisa de lei de Deus não vai comigo. Já vivi bastante e não vejo em que as pessoas religiosas sejam melhores que as outras.

– Isso lá não – protestou Jerry. – Se não são melhores então é que não são realmente religiosas e não seguem estritamente a lei de Deus. Você não pode dizer que as leis da Inglaterra sejam más só porque certos sujeitos as infringem. Um homem que segue os ímpetos do seu temperamento e trata mal ao próximo e não paga dívidas etc., não é religioso, embora frequente quantas igrejas haja. O fato de existirem hipócritas e perversos não torna falsa a religião que eles pretendem seguir. A religião temo-la cá dentro. Exterioridades e falsas palavras na boca não constituem religião.

– Religião, nada! – exclamou um terceiro. – Se a religião prestasse para alguma coisa, impediria por si mesma que os tais religiosos ricos nos obrigassem a trabalhar para eles aos domingos. Se há trabalho aos domingos vem isso justamente por exigência dessas pessoas religiosas que não querem faltar às igrejas, sem indagar se temos também almas nos forçam a trabalhar para elas.

Todos aplaudiram aquele argumento; mas Jerry contestou:

– Parece certo, mas não é. Cada qual tem de olhar para a sua própria alma e não esperar que os outros o façam. Se eles induzem vocês a trabalhar aos domingos é simplesmente por que veem vocês aos domingos aqui no ponto, sentados na boleia. Nada mais natural que raciocinem deste modo: "Aqueles cocheiros não fazem caso do descanso dos domingos e, já que é assim, vamos ocupá-los antes que algum outro o faça". Mas queria ver se todos ficassem em casa como eu. Acabava-se o costume de impedir que os cocheiros tenham descanso.

– E que seria da gente religiosa que precisa atender aos serviços nas igrejas?

– Sei lá, nem me interessa sabê-lo. Não é da minha conta. Cada qual cuida de si. Além disso eles possuem pés. Que os usem. O que não compreendo é que tenham o direito de consagrar os domingos às suas devoções religiosas à custa do sacrifício dos pobres cocheiros. Isso é que não.

# XXXVII

# A regra de ouro

Algumas semanas depois, certa noite em que nos recolhemos um pouco mais tarde que do costume, Mary nos veio ao encontro na rua com a lanterna acesa.

– Tudo vai bem, Jerry – exclamou com alegria. – Mrs. Briggs mandou o criado dizer que precisa do *cab* para amanhã. Estranhei a coisa e perguntei-lhe se ela não havia tomado outro cocheiro, depois daquela recusa de trabalhar aos domingos. Respondeu que de fato Mr. Briggs ficara um tanto aborrecido e tivera a ideia de mudar de cocheiro. Andou experimentando um e outro, sem nunca satisfazer-se. Este corria demais, aquele não conservava o *cab* bem limpo, uma série de transtornos. Por fim, declarou que *cab* como o do Barker não existia.

Mary disse isso atropeladamente, na alegria em que se achava, fazendo o rosto de Jerry iluminar-se.

– Bem disse você, Mary, que tudo iria acabar bem, mais dia, menos dia. A minha cara mulherzinha acerta sempre. Vá preparar a ceia enquanto desatrelo o amigo Jack.

Os Briggs voltaram a ocupar o *cab* de Barker tanto quanto no passado, sem nunca mais se lembrarem de exigir dele o sacrifício dos domingos.

Certa vez, porém, tivemos de romper a regra de ouro. Jerry voltara comigo sábado à noite, cansados ambos do trabalho da semana e já antegozando o dia de folga. Na manhã seguinte, veio lavar-me e escovar-me como de costume. Estava nisso quando Mary surgiu.

– Uma novidade, Jerry – começou ela. – A pobre da Dinah Brown acaba de receber carta dizendo que sua mãe está muito mal e que se não for vê-la o quanto antes não a encontrará viva. É longe, duas léguas daqui, ou duas e meia, numa propriedade agrícola. De trem é impossível ir porque da estação mais próxima até lá a distância é de uma légua e não há veículo de aluguel. Ora, a pobre Dinah está ainda fraca da criança que teve. Veio pois saber se você quer fazer o sacrifício de levá-la no *cab* hoje, prometendo pagar a corrida logo que tenha dinheiro.

– O dinheiro é o de menos – respondeu Jerry. – A grande coisa para mim consiste no perder meu domingo. Os cavalos estão cansados e eu também. Trabalhamos muito esta semana.

– Mau para todos nós – concordou Mary –, para mim e as crianças também, porque perdemos aquele passeio combinado para hoje. Mas o caso é urgente, Jerry. Coloco-me no lugar dela e vejo que não há remédio senão atendermos à coitada. E isso não será violar a lei do descanso aos domingos porque se trata de um puro ato de caridade.

– Você vale mais que um ministro, Mary, e portanto pode dizer à Dinah que lá estarei às onze para pegá-la. E de passagem passe na casa de Mr. Braydon e pergunte-lhe se pode ceder-me para hoje aquele seu carrinho leve. Isso fará alguma diferença para o cavalo. Mary foi apressada desempenhar a missão e voltou com o assentimento de Mr. Braydon.

– Agora, Mary, arranje-me um farnel. Pão e queijo. Voltarei à tarde, o mais depressa possível.

A excelente esposa foi cuidar do farnel, enquanto Jerry pensava consigo que era uma felicidade ter uma esposa dessas.

A mãe de Dinah morava numa granja. Ainda de longe vi um pasto onde duas vacas pastavam num capim viçoso.

Um moço nos recebeu, dizendo a Jerry que levasse o *cab* para dentro do pasto, onde havia um telheiro. Estrebaria não usavam.

– Se as senhoras vacas dão licença – disse Jerry –, nada será mais agradável ao meu cavalo do que passar umas duas ou três horas neste belo pasto. Teria assim a recompensa de ter trabalhado num dia destinado ao descanso.

– Dão licença, sim – respondeu o moço rindo –, e até se sentirão honradas com a boa companhia. Solte-o aí e venha comer alguma coisa. A casa está um tanto em desordem com a doença de minha mãe, o senhor compreende.

Jerry agradeceu, dizendo que havia trazido consigo um bom farnel e que preferia ficar passeando ali sob as árvores.

Quando me tirou os arreios, fiquei sem saber o que fazer, se pastar o delicioso capim, se deitar-me para um descanso feliz. Livre! Sentia-me livre como nos bons tempos da juventude. Afinal fiz de tudo. Comi o capim, espojei-me e tirei um tempo de descanso deitado na relva macia. Jerry parecia tão feliz como eu. Foi deitar-se à sombra de uma árvore, em cuja fronde trinava um passarinho. Aquele canto fê-lo cantar também uns versos de um pequeno livro de capa preta que tirou do bolso. Depois deu um giro pelo pasto a colher flores silvestres, com as quais formou um ramalhete. Não se esqueceu de dar-me a ração diária de aveia. Meu prazer foi grande porque não via pasto desde o momento em que me separei de Wasp lá no castelo.

À tarde, voltamos para casa sossegadamente. Ao penetrarmos no pátio, Jerry gritou:

– Olhe, Mary, não perdemos o nosso domingo, não. Gozamo-lo num pasto lindo, verdinho, cheio de árvores. Até canto de passarinho ouvi, e Jack, oh, Jack voltou por algumas horas a ser um travesso potro de três anos.

Thea entrou nesse momento e recebeu, entre pulos de alegria, o ramalhete de flores silvestres.

# XXXVIII

# Thea

O inverno entrara cedo. Por semanas seguidas houve neve ou chuva e, para variar, ventos cortantes. Muita umidade em certos dias, fazendo que todos se ressentissem do mau tempo. Quando o frio é seco, uma boa coberta de lã nos conserva agasalhados; mas se chove ou há nevoeiro intenso, essas cobertas ficam empapadas. Alguns cocheiros usavam proteger seus animais com capas impermeáveis, o que me parecia excelente. A maioria, porém, era de tão parcos recursos que nem a si próprios podiam proteger-se com impermeáveis – daí muito sofrimento no inverno. Depois de trabalharmos meio dia, éramos, nós cavalos, conduzidos às estrebarias secas, onde descansávamos; os cocheiros, porém, depois de trocados os animais, tinham de ficar todo o tempo nas boleias, à espera de fregueses. E quando tratados por pessoas que iam a bailes ou festas noturnas, tinham de ficar à porta, empoleirados na boleia até pela madrugada.

O pior era quando nevava; com o embaraço à marcha que a neve causa, uma corrida de quilômetro devia equivaler a uma de quatro em tempo seco. Além disso, éramos forçados a uma penosa tensão de músculos para evitar escorregamentos. As ferraduras próprias para essa estação incomodam-nos muito mais que as outras.

Quando o tempo está mau, muitos cocheiros usam deixar alguém no ponto à espera dos fregueses e vão abrigar-se nas tavernas próximas. Péssimo costume, como dizia Jerry. Não só perdem fregueses como são obrigados a despesas inúteis. A taverna mais próxima era o Black Lion. Jerry nunca a frequentava. Fizera-se freguês dum café da esquina, mantido por um velho que vinha ao ponto de estacionamento com bandeja de café e bolos. Na opinião de Jerry, o álcool, sob qualquer forma, enregela ainda mais o homem, após momentâneo aquecimento. Para o frio, dizia ele, nada como roupas enxutas, boa comida, bom humor, boa casa com uma excelente mulherzinha dentro.

Mary sempre lhe mandava algo de comer, quando Jerry se retardava no serviço, e era Thea a portadora. Muitas vezes a vi espiar da esquina se o pai estava no ponto. Se estava, sumia-se correndo, para logo depois voltar com uma cesta. Dentro, qualquer coisa gostosa e quente – uma sopa, um pudim assado na hora. Eu me admirava como uma criança daquelas pudesse atravessar rua tão cheia de veículos sem que nada lhe sucedesse. Todos a apreciavam muito ali e, cada vez que tinha de passar para o outro lado, vários cocheiros pulavam da boleia para escoltá-la.

Certo dia em que viera com a sua cestinha e se conservava ao lado de Jerry vendo-o comer, um freguês acenou para ele de longe com o guarda-chuva. Jerry fez sinal que sim, entregou o prato à menina e começou a tirar do meu lombo a coberta.

– Não – gritou o freguês. – Não tenho tanta pressa; acabe de tomar a sua sopa e depois passe a menina para o outro lado.

– Vê, Thea? Aquele homem é um cavalheiro. Os cavalheiros procedem assim: dispensam cuidados para com um pobre cocheiro e sua filha.

Acabando de engolir a sopa, Jerry levou Thea para o outro lado, tirou-me a capa e foi atender ao freguês, recebendo ordem de tocar para Clapham Rise. Mais tarde esse mesmo senhor usou por muitas vezes o nosso *cab*. Devia ser muito amigo de cães. Cada dia em que o levávamos para casa vinham recebê-lo dois cães, com grandes festas. Às vezes parava perto de mim e me dava palmadas no pescoço, dizendo: "Este cavalo merece o dono que tem". Isso é raro. Pouquíssimos fregueses dão valor aos cavalos que os servem. Creio que noventa e nove por cento da freguesia nem olha para nós. São dos tais que nos consideram locomotivas. Esse cavalheiro tinha os ombros um tanto curvados, olhos inteligentes e vivos. Voz agradável, bondosa, voz em que qualquer cavalo confiaria sem vacilar. Franca, leal.

Certa vez tomou o nosso *cab* em companhia de outro. Mandaram tocar para uma loja, onde se deteve à porta enquanto o companheiro entrava. Pouco adiante vimos uma carroça de dois animais parada em frente de uns barris de vinho. O carroceiro ausentara-se. Em certo momento, cansados de esperar pelo condutor, os animais prosseguiram na marcha. Mal haviam dado meia dúzia de passos, o carroceiro reapareceu correndo. Vinha furioso. Sacudiu-os brutalmente pelo freio e deu-lhes na cara com o cabo do chicote. O nosso freguês atravessou a rua e interveio.

– Pare com isso! – gritou com voz firme. – Do contrário mando prendê-lo como contraventor. Bem sabe que é contra a lei deixar os cavalos sozinhos na rua.

Evidentemente bêbado, o mau cocheiro replicou com umas grosserias; mas parou de bater nos cavalos. Subiu à boleia, resmungando, enquanto o nosso freguês tomava nota na sua carteira do número do veículo.

– Que está fazendo? – gritou o cocheiro antes de partir.

Não teve resposta. O nosso freguês apenas sorriu significativamente. Depois voltou ao *cab*, ao tempo em que o companheiro ia saindo da loja. Este lhe disse:

– Wright, você tem tanto serviço e ainda se preocupa com cavalos e negócios dos outros?

O bom homem não respondeu imediatamente. Guardou silêncio por uns segundos. Depois disse:

– Sabe por que este mundo é tão ruim? É porque em regra os homens só pensam em seus próprios negócios e desse modo esquecem-se de tomar o partido das vítimas da maldade e da opressão. O mal seria menor se fosse mais combatido. Não posso, por temperamento, presenciar atos como este sem intervir. E devo dizer que muitos patrões já me têm agradecido a intervenção em prol de animais maltratados por maus cocheiros.

– Quem dera que houvesse muitos homens assim! – exclamou Jerry. – A cidade está cheia, mas é dos que procedem de modo contrário. De comodistas...

A conversa dos dois ainda continuou depois que partimos, podendo eu ouvir mais esta frase:

– Minha teoria é esta: se presenciamos uma maldade e nada fazemos em favor da vítima, nesse caso nos tornamos nada mais nada menos do que cúmplices do mau.

# XXXIX

# Samuel

Para um simples cavalo de *cab*, devo confessar que eu vivia muito bem. Meu cocheiro era o meu próprio dono, e seu interesse consistia em poupar-me e tratar-me o melhor possível – embora Jerry não fizesse isso apenas por cálculo, dado o bom coração que possuía. Já outros cavalos não eram tão felizes. Os donos não eram cocheiros; possuíam-nos em quantidade e entregavam-nos a cocheiros a um certo preço por dia. Ora, não sendo seus, os cocheiros tratavam esses cavalos sem atenção nenhuma, procurando apenas ganhar com eles a maior soma de dinheiro possível. Daí muitos sofrimentos para os meus tristes colegas. Eu sabia disso pelas conversas, sobretudo pelas de Grant.

Certo dia em que um cocheiro de aspecto miserável, de nome Samuel, voltou ao ponto com o cavalo muito surrado, Grant lhe disse:

– Você e seu cavalo mais mereciam cadeia e hospital do que estacionamento aqui.

Samuel lançou sobre o cavalo a capa rasgada e respondeu numa voz que transluzia desespero:

– Se a polícia tem que ver com alguém no mundo será com os proprietários de *cabs*, que nos forçam a pagar um aluguel absurdo. Se um pobre cocheiro tem de entrar com dezoito xelins por dia de aluguel de um *cab* e dois cavalos, e tem que fazer esses dezoito xelins antes que recolha um *penny*⁹ para si, o negócio é um desastre. Ora, temos família, temos filhos a sustentar e há o estômago, que é um abismo insaciável. Eu, por exemplo, tenho em casa seis bocas, e só um menino em ponto de me ajudar. Trabalho sete dias na semana; não sei que coisa é isso de descanso, e não dou conta. Skinner é um malvado. Transformou-me em escravo. Não tenho recursos nem para comprar um casaco novo. Há dias tive de pôr no prego meu velho relógio para completar o pagamento do aluguel. E viva-se.

Vários cocheiros foram da mesma opinião. Samuel prosseguiu,
– Vocês que têm cavalos e *cab* próprios, ou que trabalham para patrões decentes, podem viver a vida que vivem; eu, não. A tabela da lei nos impede de cobrar mais de seis *pence* por milha, sem falar na primeira. Esta manhã tive uma corrida de légua e meia que só me rendeu três xelins; como não pude encontrar freguês na volta, vim sem pegar nada mais que isso. Três léguas, portanto, para o cavalo e três xelins para mim – ou para Skinner. Tive depois um freguês com uma corrida de três quartos de légua, e carregado de pacotes e malas, ganhei um xelim e seis *pence*. Depois, mais um que me rendeu um xelim. Em resumo, quatro léguas e meia para o cavalo e seis xelins para mim. Temos ainda que tropicar o resto do dia para fazer o aluguel.

– Mas não é sempre assim, Samuel – disse alguém.

– Certo que não é; mas muitas vezes é. Ora, que remédio senão usar o chicote? Se os donos não olham para os seus animais, paciência. A culpa é deles. Eu não maltrato um animal por gosto, está claro. Ninguém me pode acusar disso. Mas é a fatalidade. Descanso nenhum, meses a fio. Mulher e filhos em casa, de boca aberta, esperando por mim. Há uma grande injustiça nisso. Às vezes sinto-me

---

9 *Penny*: moeda divisionária inglesa, equivale a 1/100 da libra e a 1/5 do xelim; plural: *pence*.

quebrado e desesperado, apesar de ter apenas quarenta e dois anos. E os fregueses ainda nos chamam ladrões. Eu queria agarrá-los e pô-los em cima duma boleia para que aprendessem a nossa vida de cão. Juro que haviam de se tornar mais liberais na gorjeta.

Todos aplaudiram o seu discurso e um disse:

– A vida é triste, não resta dúvida. Por isso desculpo os que de vez em quando bebem um pouco demais... para esquecer.

Jerry não tomava parte na conversa. Seu rosto estava sério. Grant tinha as mãos nos bolsos. Ouvia, ouvia. Terminada a discussão, disse:

– Você hoje me venceu, Samuel. É isso mesmo e retiro o que falei. O que me comoveu e me fez dizer que você precisava de cadeia foi o olhar lastimoso do seu cavalo. A vida é às vezes duríssima para os homens e os animais. Mesmo assim, se você lhe desse umas palavras amigas, o coitado havia de consolar-se.

Dias depois um novo cocheiro apareceu por ali guiando o *cab* do Samuel.

– Que é isso? – perguntaram todos. – Que fim levou o Samuel?

– Está de cama – respondeu o novato. – Andava caindo de fraqueza e ontem teve uma vertigem no pátio, só a muito custo pôde arrastar-se para casa. Hoje sua mulher mandou um filho dizer que ele estava com febre, sem poder levantar-se da cama, e então vim em seu lugar.

No dia seguinte, reapareceu de novo.

– O Samuel como passa?

– Estourou.

– Quê?!

– Estourou, sim. Estourou como um cavalo estafado. Morreu esta madrugada, às quatro. Passou o dia de ontem delirando sobre Skinner e o trabalho de sete dias, sem um domingo seu. Suas últimas palavras foram: "Nunca tive um domingo de folga".

Todos calaram-se, comovidos. Grant rompeu o silêncio.

– Amigos, aproveitemos a lição – murmurou.

# XL
# Fim de Wasp

Certo dia, um velho *cab* em estado miserável parou junto ao nosso. Olhei. Puxava-o um animal castanho, frouxo, sem trato nenhum, pernas trôpegas, costelas à mostra. Eu estava comendo meu feno, e como o vento levasse em sua direção uns farelos, vi-o estender a cabeça para apanhá-los. Comeu com avidez, ficando à espera de mais. Aqueles olhos dolorosos não me eram desconhecidos. Pus-me a recordar. Onde já vira tais olhos?

De repente, o animal voltou-se para mim, admirado.

– Beleza Negra, é você mesmo?

Reconheci imediatamente a minha velha companheira dos bons tempos – Wasp. Como estava mudada! O pescoço, outrora brilhante como seda, tinha-o descarnado e de pelo arrepiado; as pernas, outrora tão nervosas e elegantes, mostravam-se encaroçadas e inchadas nas juntas; a fisionomia alerta e vivaz só revelava agora as dores do martírio. Respirava com esforço e tossia.

Aproximei-me para ouvir-lhe a história e jamais ouvi nada mais comovente.

Depois de um ano de liberdade naquele lindo pasto do castelo do conde, acharam que ela estava restabelecida e venderam-na a um senhor qualquer. Tudo correu bem por algum tempo; um dia foi obrigada a exceder-se e voltou-lhe a doença. Teve ainda um descanso, sendo de novo revendida. Desse modo, passou por numerosos donos, decaindo sempre, piorando de condição.

– Finalmente – disse ela –, fui comprada por um sujeito que possui muitos *cabs* e cavalos de aluguel. E nem vale a pena dizer a vida que levei e levo. Quando perceberam a minha fraqueza, disseram que tinham levado um logro e que eu havia de morrer no trabalho até produzir os xelins pagos por esta pobre carcaça. E é o que fazem: batem-me, forçam-me a trabalhar dolorosamente, sem a mínima atenção pelo meu estado de saúde. O cocheiro que me aluga tem de fazer o aluguel e mais o seu lucro. Para isso, só vê um meio, o chicote. Minhas semanas de trabalho se emendam sem nunca um só dia de folga.

– Antigamente, Wasp, você resistia ao mau-trato, lembra-se?

– Sim, resistia. Hoje não resisto mais a coisa nenhuma. Os homens são mais fortes e me quebraram. Quando caímos em mãos de homens cruéis, o único remédio é suportar tudo até que a morte chegue. Vivo chamando por ela. Minha única ambição é rebentar. Depois de morta irão fazer arreios do meu couro e dar minha carne aos cães. Mil vezes isso do que a vida que levo.

Essas palavras abalaram-me profundamente. Fiquei com o focinho encostado ao seu sem conseguir pronunciar palavra. Wasp mostrou uns sinais de satisfação, murmurando: – Jamais tive amigo como você, Beleza.

Nisso chegou o seu cocheiro. Agarrou-a pelo freio e puxou-a dali brutalmente.

Poucos dias mais tarde, passou por aquela rua uma carroça conduzindo um cadáver de cavalo. A cabeça pendia para fora; da boca, de língua à mostra, escorria sangue em gotas. Que quadro doloroso, um velho cavalo que rebenta e vai para o monturo! Wasp? Que bom que sim. Seria para a minha boa companheira o descanso eterno.

Ah, se os homens fossem mais misericordiosos, acabariam os animais a tiro, melhor do que deixá-los chegar naturalmente ao termo da vida, matando-os de miséria.

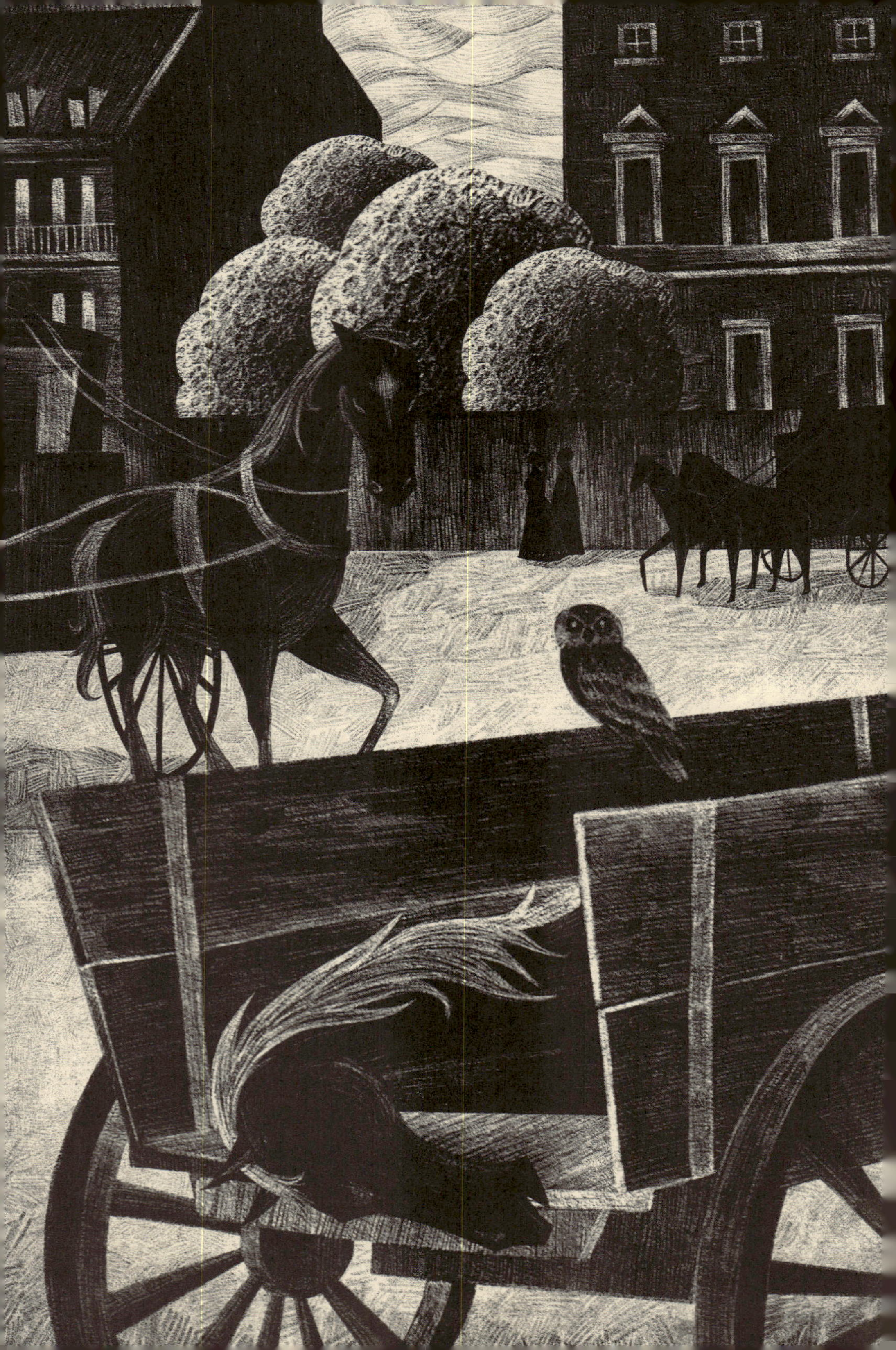

# XLI
# O carniceiro

Na cavalaria de Londres vi muita miséria perfeitamente evitável com um pouco de bom senso e comiseração. Pouco nos importaríamos com o trabalho duro, se fôssemos tratados mais racionalmente. Vivi e vi. Sei que muitos animais pertencentes a homens paupérrimos, porém sensatos, levam melhor vida que os imponentes animais da condessa de W...

Doía-me ver cavalos fracos sob carga muito mais pesada do que normalmente poderiam conduzir e, além disso, açoitados cruelmente por homens, sobretudo rapazes, sem um mínimo de coração. Um cavalo de pequeno porte que encontrei puxando uma carroça carregada em excesso, e ainda sendo chicoteado no ventre pelo condutor, lembrou-me Flying. Seria ele? Mr. Bloomefield comprometera-se a não revendê-lo nunca, mas tê-lo-ia feito? Creio que cumpriu a palavra. Mas aquele pobre cavalinho a estourar na carroça bem que merecia a vida que Flying devia estar levando na casa do ministro.

Uma das coisas que pude observar foi a rapidez com que eram guiadas as carroças de entregar carne. A razão disso vim a saber por acaso. Estava parado perto de um açougue quando um desses veículos chegou. O animal parecia exausto. Suava em bicas. O tremor das pernas indicava como fora barbaramente dirigido.

Um rapaz pulou da boleia no momento em que, do açougue, saía o patrão a examinar o cavalo. Vendo-o naquele estado, enfureceu-se. – Quantas vezes já disse que não quero que trate o animal assim? Já me arrebentou dois cavalos e quer fazer o mesmo a este. Se você não fosse meu filho, punha-o no olho da rua. Qualquer dia a polícia protetora dos animais dá em cima de você e o leva para a cadeia, e será bem-feito. Com fiança não conte. Não presto fiança para malvados desobedientes.

O rapaz ouviu a reprimenda de mau humor. Por fim, o irrompeu. Disse que a culpa não era sua e por isso não aceitava a censura. Apenas cumpria ordens.

– O senhor mesmo vive a gritar-me: "Pressa! Pressa!".

Quando vou à casa de um freguês e ele me pede uma perna de carneiro tenho de levá-la imediatamente; se não chega a tempo, o senhor é o prejudicado. Agora, é isto, agora, é aquilo. Um filé para lá, umas costeletas para cá. Se os fregueses não resolvessem as compras à última hora, tudo seria mais fácil e diferente.

– Os fregueses, os fregueses – murmurou o carniceiro. – Ah, se eles pensassem em nós um minuto só que fosse e agissem de modo a nos facilitar a vida... Olhe, leve o cavalinho para dentro e trate-o bem. E se alguém pedir alguma coisa hoje, faça a entrega a pé.

Mas nem todos os rapazes são cruéis. Tenho visto alguns que tratam seus cavalos como se fossem grandes amigos – daí tê-los contentes e alegres como sempre me senti na companhia de Barker. Lembro-me de um verdureiro lá dos arredores. Possuía um cavalinho velho, nada bonito, mas alegre como nunca vi outro. Como viviam bem os dois! O cavalinho seguia o verdureiro qual um cão, e quando ele pulava para a boleia, saía a trote com o ardor de um potro que escapa da cocheira. Jerry gostava daquele rapaz, a quem tratava de Príncipe Charlie. Dizia que os fados ainda o haviam de transformar no príncipe dos cocheiros.

Também conheci um velho que sempre passava pela nossa rua vendendo carvão num carrinho. Ele e o cavalo pareciam irmãos que se compreendiam e se amavam. O cavalo parava por si mesmo de porta em porta. Já conhecia os fregueses. Era o fornecedor de Mary. Jerry gostava de vê-lo em atividade e dizia sempre que tinha prazer em verificar que a velhice de um cavalo pode ser muito feliz quando acontece cair nas mãos de um homem de bons sentimentos e sensato.

# XLII

# A eleição

Uma noite, ao voltarmos, Mary veio ao encontro do marido dizendo:

– Jerry, Mr. B... apareceu para conversar sobre o seu voto. Quer também tomar o *cab* para o dia das eleições. Ficou de vir buscar a resposta.

– Pode dizer-lhe, Mary, que sinto muito mas não posso servi-lo. Que veja outro. Detesto ver o meu *cab* cheio de cartazes eleitorais, a correr casas para arrebanhar eleitores semibêbados. Acho isso uma degradação para mim e meu cavalo.

– E vai votar em Mr. B...? Disse-me que você é do seu partido.

– Que tenha paciência, mas não votarei em seu nome, não. Sabe que negócio ele tem, Mary?

– Sei, sim.

– Pois é isso. Um homem que enriquece dessa maneira, torna-se surdo ao clamor dos operários. De forma nenhuma quero concorrer para a volta de Mr. B... ao Parlamento. Vão ficar furiosos comigo, mas não me importo. Meu dever é esse: não votar nele.

Na véspera da eleição, Jerry me atrelava ao *cab* quando Thea entrou, berrando, com o vestidinho azul todo sujo de lama.

– Que foi que aconteceu, Thea?

– Aqueles meninos malvados atiraram-me lama e xingaram-me de esfarrapada...

– Chamaram-lhe "a esfarrapada azul", completou Henry, entrando afobado. Mais dei-lhes uns bons trancos. Nunca mais se atreverão a repetir o desaforo. Covardes! Nenhum aguentou os meus murros. Fugiram.

Jerry beijou a filha e disse:

– Vá para dentro com a mamãe. Hoje você não sai mais à rua, sim? Fica ajudando sua mãe.

Depois, voltando-se para Henry:

– Menino, fez muito bem em defender sua irmã e espero que proceda sempre assim. Está no seu direito. Mas de política, note bem, não quero saber nada. Vocês crianças não têm política. Isso é para a gente grande. Essa briga de meninos que por aí anda, uns azuis, outros vermelhos, porque a cor dos partidos dos pais é esta ou aquela, isso não quero aqui. Vejo-os a toda hora engalfinhados por motivo de cor política. Fique sabendo que nem os homens sabem a razão verdadeira de pertencerem a este ou aquele partido.

– Pois, papai, eu sempre pensei que o azul significasse liberdade.

– Meu filho, liberdade nada tem que ver com as cores. Isso de cores só serve para distinguir os partidários desta ou daquela política, e toda a liberdade que os partidos prometem é a de ficar bêbado à custa do outro, bem como comparecer às urnas num *cab* imundo. E ainda a liberdade de maltratar os que não trazem essa cor ou de berrarem como possessos nas reuniões sobre coisas de que nada entendem.

– Oh, papai está brincando – disse Henry, duvidoso.

– Não estou, não. Acho que eleição é das coisas mais sérias, cada homem devendo votar de acordo com a sua consciência, deixando que o vizinho faça o mesmo. Mas não é isso o que vejo.

# XLIII

# Amigo

O dia das eleições afinal chegou, e eu e Jerry tivemos trabalho de sobra. O primeiro freguês foi um homenzarrão gordo, que apareceu com uma grande mala e mandou tocar para a Bishopgate Station; depois nos procurou um que desejava ir para o Regent Park; depois, uma velha aflita, ansiosa de chegar a tempo a certo banco, onde tivemos de esperá-la na porta. Mal havíamos reconduzido a velha, surge um homem de cara vermelha, afobado, que pulou para o *cab* e gritou: "Bow Street. Polícia!". Quando voltamos dessa corrida não encontramos nenhum *cab* no ponto. Todos andavam a serviço. Jerry pôs-me ao focinho o embornal com a aveia, dizendo:

– Jack, num tempo destes a gente almoça como pode e onde está. Temos que tirar partido da oportunidade.

Era aveia misturada com farelo o que encontrei no embornal, e comi-a deliciosamente. Um banquete. Como um cavalo não haveria de ser agradecido às atenções e solicitudes daquele homem? Para si tirou do bolso um embrulho de pastéis feitos por Mary e comeu-os ao meu lado.

Estavam cheias as ruas. Os *cabs* passavam revestidos das cores políticas dos fregueses. Houve atropelos. Em certo ponto, vi cair uma mulher. Os cavalos tinham de fazer prodígios, mas os votantes que eles transportavam de cá para lá não tinham, para com os míseros, o menor vislumbre de solicitude. Era a primeira eleição que eu via e não me deixou saudades. Impressão de tumulto. Gritaria. Vivas de todos os lados.

Eu e Jerry estávamos comendo quando uma mulher maltrajada passou por nós carregando uma criança. Olhava em torno como que desnorteada. Aproximou-se de Jerry para indagar onde era o caminho para o hospital St. Thomas. Contou que chegara da sua granja numa carroça e andava perdida naquela balbúrdia. Viera para levar a criança ao hospital.

– O coitadinho – disse – tem quatro anos e ainda não anda. Sofre dores, chora, chora. O doutor acha que no hospital St. Thomas ele pode sarar. Vim para isso, mas não acho esse hospital.

– É longe, minha senhora – respondeu Jerry. – A pé e carregando essa criança não chegará lá nunca. Seguramente mais de quatro quilômetros daqui.

– Mas eu sou forte e, embora a criança pese, aguentarei. Só que não sei o caminho.

– Impossível, minha senhora, ir até lá a pé num dia de tumulto como este. Pode ser atropelada a qualquer momento. O melhor é subir no meu *cab*. Ponho-a lá num instante.

– Não, senhor, muito obrigada – respondeu a mísera. – Estou com o dinheiro justo para a volta. Basta que me ensine o caminho.

– Aceite – insistiu Jerry. – Tenho mulher e filhos e conheço a vida. Entre. Levá-la-ei sem exigir pagamento nenhum. Eu teria remorsos se a deixasse seguir a pé.

A mulher não pôde conter as lágrimas.

– Deus o abençoe. Que os dons do céu chovam sobre sua casa.

– Entre, entre...

A mulher entrou e Jerry ia partindo quando dois homens com distintivos nos chapéus apareceram apressados, gritando:

– Um *cab*! Um *cab*!

– Está ocupado – respondeu Jerry.

Os sujeitos não fizeram conta; foram entrando e empurrando a mulher para um lado. Jerry protestou:

– Já lhes disse que o *cab* está tomado por esta senhora! – disse com voz enérgica.

– Grande senhora! – murmurou com escárnio um deles. – Ela bem que pode esperar. Temos negócio urgente, além de que entramos na carruagem primeiro.

Jerry deu uma risadinha velhaca e fechou a portinhola dizendo:

– Muito bem, meus senhores. Se estão cansados e querem descansar, fiquem a gosto.

E para a mulher assustada, lá no seu cantinho:

– Eles não se demorarão muito, minha senhora, e quando se retirarem eu a levarei.

Vendo a decisão de Jerry, os homens abandonaram o *cab* furiosos, esbravejando e ameaçando darem parte à polícia. Mas lá se foram. Logo depois estávamos a caminho do St. Thomas.

– Não sei como lhe agradecer tamanha bondade – disse a mulher ao chegar. – Estou agradecida.

– Nada tem que agradecer – protestou Jerry. – Só quero que o seu menino sare logo e torne-se um valente rapaz.

Jerry tocou a campainha e esperou ali até que ela entrasse. Em seguida, repetiu consigo mesmo: "Quem o bem faz, a si o faz. Sinto-me mais feliz do que se tivesse levado os dois homens e recebido uma libra".

O dia estivera ameaçador e naquele momento entravam a cair as primeiras gotas de chuva. Jerry aconchegou-se no seu casaco e já ia partindo de volta quando um empregado apareceu à porta do hospital.

– *Cab*! – gritou.

Logo depois surgiu uma senhora de véu. Dando com Jerry, ergueu-o, dizendo alegre:

– É você, Barker? Que felicidade! Num dia de hoje é difícil pegar um *cab*, e eu encontro justamente o que desejava. Está livre?

– Terei muito gosto em servi-la – minha senhora. – Para onde quer que a leve?

– À estação de Paddington, e se chegarmos com tempo você poderá dar-me notícias detalhadas de Mary e dos meninos.

Chegamos à estação muito a tempo. Paramos num alpendre da coberta e a senhora permaneceu no carro por vários minutos, conversando. Deduzi do que disseram que havia sido patroa de Mary. Indagou de mil coisas, perguntando por fim como ia Jerry com o serviço de *cab* no inverno.

– Disse-me Mary o ano passado que você não se dava bem nesta estação, nem com este serviço.

– Histórias. Mary andou cismada comigo. Uma tosse demorada que tive. Coisa sem importância. Quanto ao trabalho do *cab*, é trabalho de todas as horas, como se pode ver, sobretudo num dia de eleições. Felizmente gosto do ofício e ainda mais dos meus dois cavalos, que são dois verdadeiros amigos.

– Mas, Barker, não seja tolo de sacrificar a sua saúde nisso. Poderemos arranjar para você um emprego muito mais tranquilo e com bom salário. Se algum dia se cansar e quiser mudar de vida, não deixe de falar-me.

Em seguida desceu; mandou muitos recados a Mary e deu a Jerry dez xelins, cinco para cada criança.

Jerry agradeceu comovido e disse adeus ao trabalho naquele dia. Estávamos ambos bastante cansados. Aquela folga era das mais merecidas.

# XLIV
# Captain e seu sucessor

Eu e Captain sempre fomos bons amigos. Sua idade cheia de experiências tornava-me agradável e proveitosa a sua companhia. Infelizmente pude assistir à decadência de tão nobre animal – o que muito me penalizou.

Guiado por Jerry, Captain havia levado um freguês à estação, passando pela ponte de Londres; de volta veio-lhes ao encontro um carroção de cervejaria puxado por uma parelha robusta. Vinha vazio o veículo, e talvez o cocheiro houvesse bebido toda a cerveja porque batia furiosamente nos animais em disparada. O controle tornava-se impossível numa via movimentada como aquela. Uma mulher foi arremessada ao chão; as rodas passaram-lhe por cima do corpo. Depois, aquela avalanche veio ao encontro do nosso *cab*. Revirou-o num tranco formidável; escangalhou-o. Captain caiu, com uma lasca da lança espetada na ilharga[10]. Jerry também caiu e ficou bastante contundido. Escapou milagrosamente.

Quando levantaram o pobre Captain, viram que estava gravemente ferido. Jerry, entretanto, conseguiu levá-lo para casa, com

---

10 Ilharga: região abdominal, lateral, do corpo de muitos animais, como os cavalos.

o sangue a escorrer abundante pela sua pelagem alva. Dava dó. Ficou comprovado que o cocheiro imprudente estava ultrabêbado; recebeu o castigo da lei, e o dono do caminhão teve de indenizar os prejuízos de Jerry. Mas como indenizar a Captain o que ele sofrera?

Um bom veterinário tudo fez para curá-lo, num tratamento longo. O *cab* foi à oficina de consertos e por uns dias vi-me de folga forçada. Depois de tudo reparado, no primeiro dia em que aparecemos no ponto de estacionamento, Grant aproximou-se para saber notícias do cavalo.

– Está perdido – respondeu Jerry –, pelo menos para este trabalho de *cab*, assim me disse o veterinário ainda esta manhã. Só poderá servir em carroças ou coisa equivalente. Isto me tem aborrecido muito. Captain numa carroça! Sei a que estado chegam a Londres os cavalos de carroça. E tudo por causa da maldita bebedeira. Se os metessem, aos bêbados, em asilos de loucos, muito desastre se evitaria neste mundo.

– Isso é verdade.

– Sim, se eles quebrassem os próprios ossos e escangalhassem as próprias carruagens e os próprios animais, isso seria lá com eles. As vítimas, porém, são os inocentes. Aquela pobre mulher, por exemplo. Se há uma peste que eu desejaria ver no mais fundo do inferno é o raio da bebida. Ah!

Grant, que era amigo do álcool, observou:

– Está pisando nos meus calos, Jerry. Olhe que eu também bebo.

– E eu lamento muito, conhecendo as excelentes qualidades do seu caráter, Grant. Acho-o bom demais para se escravizar à desgraça da bebida.

– Talvez tenha razão. Mas já experimentei libertar-me do vício. Impossível. Passei três dias sem beber. Quase morri. E você? Sei que já bebeu. Como se salvou?

– Custou um pouco. Aliás eu não era bêbado; bebia meus copos sem ser bêbado como esses tais. Um dia revoltei-me contra aquilo, contra aquela dominação da bebida. Travei luta com ela. Um dos dois tinha de sucumbir, ou eu ou a bebida. Foi duro. A gente só conhece a força dum hábito quando tenta abandoná-lo. Mary ajudou-me muito. Fazia sempre coisas gostosas, e quando a vontade de beber me vinha com mais fúria, em vez de entornar o gargalo, eu comia. Ou então tomava café ou chá de hortelã. Também a Bíblia me valeu nesses momentos de tentação. Agarrava-me à Bíblia e lia, lia. "Deixa de beber ou perderás a alma", dizia eu a mim mesmo. "Deixa de beber ou perderás o coração da tua Mary". Afinal venci e hoje tenho já dez anos de abstenção absoluta. Salvei-me.

– Pois eu ando com ideias de fazer o mesmo – disse Grant. – Nada mais triste do que não podermos dominar a nós próprios.

– Faça-o, Grant. Será um benefício imenso para si e para os outros. Estou certo de que outros, aqui deste ponto, o imitariam imediatamente.

Captain afinal melhorou; velho e enfraquecido, unicamente a solicitude de Jerry o mantinha de pé. O veterinário opinou que já podia ser vendido por algumas libras. Jerry não quis. Receber algumas libras em troca do martírio certo do velho camarada de trabalho... não e não. Muito preferível abreviar-lhe os sofrimentos com um tiro. E foi resolvido assim.

No dia seguinte, Henry levou-me ao ferrador para o reparo das ferraduras. Quando voltei já não encontrei ali sinal de Captain. Senti muito a sua falta – e com a família de Jerry aconteceu o mesmo. Mas é a vida...

Jerry teve de procurar outro animal. Indagou e soube de um, em nas condições, que estava à venda nas estrebarias de um fidalgo qualquer. Era cavalo novo e de valor; fogoso demais, porém: disparara com a carruagem certa ocasião, quase matando o seu dono. Feriu-se, recebeu muita pancada e lá perdeu a beleza. Daí puseram-no à venda.

– Se não for vicioso e duro de queixo serve-me – disse Jerry.
– Isso de ser fogoso para mim não constitui defeito.

– Vício não possui nenhum – disse o informador. – Tem boca sensível e suponho até que a causa do desastre proveio disso. Tinha sido tosado havia pouco tempo e ficara uns dias sem exercício. Quando o atrelaram mostrou-se inquieto e sôfrego por disparar. O cocheiro apertou demais as falsas-rédeas e isso o irritou, sendo sensível de boca como era.

– Pois não há dúvida – resolveu Jerry. – Irei vê-lo.

No dia seguinte, Hotspur apareceu-nos na estrebaria. Castanho-claro e da mesma altura de Captain. Cabeça esbelta. Cinco anos de idade. Relinchei uma saudação ao vê-lo entrar, mas não conversamos naquele momento. Durante a primeira noite passada ali, mostrou-se inquieto. Agitava-se, sacudia a cabeça, não me deixou dormir. Já no dia seguinte, depois de cinco ou seis horas de trabalho no *cab*, apresentou-se calmo. Jerry fez-lhe mimos e parece que se compreenderam um ao outro. Viu-se logo que era cavalo de qualidades, dos que só esperam um bom dono para revelar-se.

Hotspur, entretanto, julgava decair da sua dignidade trabalhando em *cab* e estacionando ali com os outros. Ao fim de uma semana mudou de ideia. Confessou-me que Jerry o encantava e que, bem consideradas as coisas, valia muito mais viver ali, humilde, sem falsa-rédea, do que torturado por ela no luxo da casa do fidalgo.

# XLV

# Ano Novo

Natal e Ano Novo são grandes dias para toda gente, menos para os cocheiros. Ganham mais nesses dias do que nos outros, mas trabalham dobrado. Há tanto baile, tanta festa que o serviço dos *cabs* aperta muito. Enquanto o povo se diverte, os cocheiros e os cavalos ficam de prontidão em seus postos a tremer de frio. As damas que dançam as valsas ao som de lindas músicas nunca pensam nos pobres entes que, para sua comodidade, as esperam ao relento, encolhidos.

Tivemos nesse Natal uma semana cheia, com muito trabalho, sobretudo à noite. Veio depois a semana do Ano Novo, por igual trabalhosa. Na véspera da passagem do ano, Jerry teve de levar dois senhores a certa casa do West End. Ao chegar lá recebeu ordem de voltar às onze. Um dos homens, entretanto, fez ver que o jogo (iam jogar) poderia demorar-se um pouco mais.

Quando os relógios marcaram as onze, Jerry voltou. Esperamos meia hora. Chegou a meia-noite e nada de os fregueses aparecerem. Chovera durante o dia, e naquela hora ventava – vento fino e cortante. Ficamos enregelados. Jerry pôs-me a coberta de lã e ficou por ali a medir passos, sapateando no chão coberto de neve. Depois entrou no *cab* e fechou-se nele para maior agasalho. Meia hora mais. Jerry tocou a campainha para saber o que havia.

– Já vamos! – gritaram lá de dentro os homens.

À uma e meia da madrugada a porta abriu-se e surgiram os tais fregueses, que entraram no *cab* sem dizer palavra. Mandaram rodar não me lembro para onde. Minhas pernas estavam entorpecidas de frio e muito receei tropeçar. Quando chegamos ao destino, os homens, em vez de nos agradecerem a espera fora do trato, mostraram-se furiosos com o que tinham a pagar. Pagaram, mas nunca vi dinheiro ganho com maior sacrifício.

Ao chegarmos em casa, Jerry tinha a voz rouca. Tossia muito. Mary como de costume apareceu com a lanterna.

– Quer que ajude? – perguntou.

– Quero qualquer coisa quente para Jack e, para mim, uma sopa. Disse isso numa voz que me espantou. Jerry respirava com esforço; apesar disso esfregou-me, como fazia sempre, e ainda subiu ao celeiro para trazer mais palha para minha cama. Mary trouxe-me uma papa de farelo quente que muito me confortou.

Na manhã seguinte, quem primeiro me apareceu foi Henry. Escovou-me, varreu a estrebaria, arranjou a palha da cama, tudo como se fosse um domingo. Notei que não assobiava nem cantava como de costume. Ao meio-dia reapareceu para dar-me água e ração. Dessa vez veio com Thea, que chorava, e pelo que disseram percebi que Jerry estava passando mal. Foram chamar o médico. Dois dias correram assim, de muita tristeza na casa. Só Henry e às vezes Thea apareciam na cocheira. Mary ficava todo o tempo ao lado do enfermo. No terceiro dia, alguém bateu à porta. Era Grant.

– Vim saber como vai passando seu pai – disse ele a Henry.

– Papai vai muito mal – respondeu o menino. – Está com pneumonia. O médico diz que é hoje o dia da crise.

– Hum! – fez Grant. – Perigoso, isso. Só na semana passada perdi dois amigos dessa doença. Mas muitos saram. Tudo depende da sorte. Coragem, menino.

– Sim, o médico disse que papai pode perfeitamente sarar porque não está com o corpo estragado pelas bebidas. Falou que, se ele fosse uma esponja, como muitos, havia de pegar fogo com a febre, como se fosse de estopa. Que é que o senhor acha?

Grant ficou atrapalhado para dar opinião.

– Se fosse regra – disse ele afinal – que as doenças não matassem os homens bons, o nosso Jerry viveria toda a vida e mais alguns anos. É talvez o melhor homem que conheço. Adeus, pequeno. Confie na sorte. Amanhã voltarei novamente.

De fato, voltou na manhã seguinte.

– Como vai passando o nosso doente? – inquiriu.

– Melhor – respondeu Henry. – Mamãe está alegre, com muita esperança de que ele sare.

– Ora graças! – exclamou Grant. – Vocês agora precisam conservá-lo bem agasalhado e sossegado. Evitar qualquer aborrecimento ou preocupação de espírito. Ele que não pense nos animais. Jack aproveitará muito com o descanso forçado, mas já o cavalo novo, receio que, com a parada, venha a dar trabalho depois.

– Realmente. Tenho tratado dele e noto que está muito inquieto. Não sei o que fazer.

– Isso mesmo. Diga a sua mãe que, se quiser, eu venho todos os dias buscar esse cavalo para o serviço, e que daquilo que com ele ganhar darei a ela metade. Assim se fará um pouco de dinheiro e não se estragará o animal. Diga-lhe isso. Amanhã virei buscar a resposta.

Mary, é claro, concordou, pois ao meio-dia Grant reapareceu a fim de levar Hotspur. E assim durante a semana inteira. Quando Henry lhe agradecia da bondade, Grant declarava que o benefício era mútuo, porque daquele modo também descansava os seus animais.

Jerry foi melhorando; o médico, todavia, aconselhou-o a não retornar ao serviço do cabriolé se quisesse prolongar a vida. Mary e Henry constantemente confabulavam sobre o que poderiam fazer naquela emergência.

Uma tarde, Grant trouxe Hotspur todo enlameado.

– As ruas estão um inferno! – disse ele. – O nosso Henry vai ter trabalho para lavá-lo e enxugá-lo muito bem. Coragem, mesmo.

– Isso é nada para mim – respondeu o pequeno. – Tenho prática. Há muito tempo que papai me traquejou nesse serviço.

– Ah, se todos os rapazes fossem como você! – murmurou Grant.

Enquanto Henry lidava com Hotspur, Thea entrou com cara de novidade.

– Quem mora em Fairstone? – foi perguntando ao irmão. – Mamãe recebeu carta de lá e ficou alegre. Foi correndo mostrá-la a papai.

– Lá? Quem mora lá é Mrs. Towler, a antiga patroa de mamãe, aquela senhora que papai encontrou no hospital naquele dia, e que nos mandou a cada um cinco xelins, não se lembra?

– Ahn, sei. Mas que será que escreveu à mamãe?

– É resposta. Mamãe mandou-lhe uma carta na semana passada, que eu pus no correio. Mrs. Towler naquele dia disse a papai que, se alguma vez tivesse de deixar este serviço, que lhe escrevesse. Vá saber de mamãe o que foi que Mrs. Towler respondeu. Corra!

Henry continuou a escovar Hotspur enquanto a menina corria para dentro. Instantes depois voltava.

– Oh, Henry, que felicidade! – veio dizendo. – Mrs. Towler quer que todos nós vamos morar em sua granja. Diz que há lá uma casinha vaga que nos serve perfeitamente. Tem horta, galinheiro, macieiras, tudo! O cocheiro atual vai deixar o serviço pela entrada da primavera, e Mrs. Towler deseja que papai o substitua. Mamãe está rindo e chorando de contente, e papai ri sem parar.

– Que bom! – exclamou o menino. – É justamente o que nos convinha. Bom para todos. Eu posso começar como ajudante de cocheiro ou jardineiro.

Ficou logo tudo assentado. Assim que Jerry recebesse alta, mudar-se-iam para a casa de Mrs. Towler, que era fora de Londres. O *cab* e os animais seriam vendidos o mais breve possível.

Senti uma grande tristeza ao saber disso, porque já não era jovem e tinha a certeza de não melhorar de situação. Desde que deixei Birtwick, nunca fora tão feliz como em companhia de Jerry. Três anos, porém, de serviço ativo num *cab* de praça tinham-me envelhecido. Eu já não era o cavalo que fora.

Grant declarou logo que ficaria com Hotspur e surgiram ofertas para mim. Jerry, entretanto, não queria entregar-me a um qualquer, e incumbiu Grant de me descobrir o dono conveniente.

O dia da partida chegou, afinal. Jerry não teve licença de descer até o pátio, de maneira que o último dia em que o vi foi naquele malfadado Ano Novo. Mary e as crianças, porém, vieram despedir-se de mim.

– Pobre do nosso velho Jack! Que bom se pudéssemos conservá-lo conosco! – murmurou Mary, com a mão sobre minha crina. Depois recostou o rosto ao meu focinho e beijou-me.

Thea chorava, e também me beijou. Henry acariciou-me muito, sem nada dizer. Não podia falar.

Logo depois levaram-me dali.

# XLVI

# Novos donos

Fui vendido a um padeiro do conhecimento de Jerry, havendo este calculado que nas mãos de um padeiro eu teria bom alimento e trabalho proporcional às minhas forças. Acertou num ponto, o alimento, e acertaria em tudo, porque o padeiro era um excelente homem, se sua casa comercial não fosse dirigida por um sujeito de mau gênio. Fui atrelado a uma carroça distribuidora de pão e farinha. O carroceiro resmungava contra o excesso da carga, mas o tal homem resistia às suas observações.

– Para que duas viagens quando podemos fazer uma? Carregue mais. Isso prospera o negócio – dizia ele.

Jakes, o carroceiro, era obrigado a resignar-se, e lá continuavam a virem-me cargas excessivas. Ao fim de três meses, fiquei exausto.

Certo dia em que puxava uma carga ainda mais forte que a usual tive de subir uma ladeira. Fiz o que pude. Estirei o que pude os músculos; mas não aguentei, fui forçado a parar. Jakes esbravejou.

– Anda, vadio! Se não sobe a ladeira por bem há de subi-la por mal! – e bateu-me forte com chicote. Fiz novo esforço, conseguindo mover o veículo por alguns metros. E parei novamente. E novamente o chicote cantou no meu lombo. A dor causada pelo chicote pesado era grande; maior, porém, era a dor moral que eu sentia, a ofensa ao meu orgulho, a injustiça. Estava fazendo o possível para cumprir a obrigação; se não conseguia mover a carroça era isso devido unicamente à mais absoluta impossibilidade. As forças musculares de um animal têm limite. Só não sabia disso o chicote que continuava a estalar no meu lombo. Uma senhora aproximou-se apressada e interveio.

— Faça o favor de não bater assim no pobre cavalo — disse ela. — A ladeira é forte e ele está fazendo o que pode para subir.

— Se está apenas dando o que pode — respondeu o carroceiro —, este chicote o fará dar mais do que pode. A senhora vai ver.

— Mas o senhor então não compreende que essa carga é realmente excessiva?

— Compreendo, sim. Sei que é demais. Mas nada tenho com isso.

Quando íamos saindo, o chefe da padaria apareceu com mais um saco de última hora e intimou-me a dar conta do recado.

Disse e foi erguendo de novo o chicote. A boa senhora o deteve.

— Espere. Não bata mais. Creio que poderei ajudá-lo, se o senhor me permitir.

O carroceiro riu-se, enquanto ela explicava:

— O pobre cavalo está preso por esta rédea. Não pode tirar partido da elasticidade dos músculos; está evidentemente embaraçado. Folgue a rédea e verá como tudo melhora. Experimente. Faça-o, quando nada, para ser agradável a uma senhora.

— Pois assim seja — respondeu Jakes rindo-se. — Apenas para atendê-la, vou fazer como diz. Quantos furos quer que folgue?

— Todos, ou melhor, tire de uma vez essa rédea. Deixe-lhe os músculos livres.

O homem assim fez. Tirou a rédea que me mantinha a cabeça erguida, naquela absurda posição que tanto me martirizava. Que alívio! Ergui e abaixei a cabeça várias vezes para desentorpecer os músculos doloridos.

— Pobre cavalo! — murmurou a senhora com umas palmadas amigas no meu pescoço. — Era o que estava diminuindo-lhe ainda mais as forças. Vai ver agora, senhor carroceiro, como sobe a ladeira sem grande dificuldade. Mas não lhe bata! Anime-o, fale-lhe como amigo. Vamos!

Jakes, já interessado pela experiência, pôs de lado o chicote e falou-me com voz amiga:

– Vamos, Jack. Coragem.

Baixei a cabeça, firmei todo o meu peso contra a coalheira e estirei os músculos; o veículo moveu-se – e foi-se movendo até ao alto da ladeira, onde parei para tomar fôlego. A boa dama acompanhou-nos. Quando me viu parar, veio de novo alisar-me o pescoço, como já de muito tempo ninguém me fazia.

– Viu? – disse ela ao carroceiro espantado do milagre. – Ele queria e podia puxar, só esperava que lhe dessem meios, e os meios eram liberdade de movimento dos músculos e um pouco de estímulo amigo. Este animal parece-me de boa índole. Com certeza já teve excelentes donos. Não use mais a falsa-rédea, e verá como tudo melhora.

– Pois, sim, senhora! – exclamou o carroceiro. – Aprendi a lição. Apesar de velho no ofício, acabo de receber uma boa lição. Hei de lembrar-me toda a vida. Infelizmente a falsa-rédea está na moda e, se não a uso, toda gente se rirá de mim.

– Meu caro, as modas nascem e morrem. Dê começo a uma nova moda e, embora se riam no início, verá que outros logo começarão a segui-la. Muitos cavalos de carro já estão livres dessa tortura e veja como trabalham satisfeitos. Além disso, que direito temos nós de torturar as pobres criaturas de Deus? E com que proveito? Os cavalos não falam; nem por isso sentem menos e sofrem menos que os animais que falam, que somos nós. Desculpe a minha intervenção. Foi unicamente para bem do animal e seu. Siga meus conselhos. Em vez de chicote, palavras de animação. Em vez de falsa-rédea, rédea solta. Verá que tudo há de correr pelo melhor. Adeus.

Deu-me ainda umas palmadas no pescoço e afastou-se. Jakes começou a falar sozinho.

– Está aqui uma senhora que vale a pena. Delicada, cortês, inteligente. Falou-me como se eu fosse um ilustre fidalgo. E deu-me uma boa lição. Este mundo...

A providencial intervenção da boa dama valeu para alguma coisa. Embora continuasse a usar a falsa-rédea, Jakes a folgava bastante, de modo que os inconvenientes do sistema não se faziam sentir com demasiado peso.

Mas lá continuaram as cargas excessivas. Bom alimento e repouso proporcional ao trabalho constituem regime que nos conserva as forças. Carga excessiva, porém, desequilibra tudo. Enfraquece-nos. Daquele abuso, resultou que em breve me vi incapacitado de continuar na carroça – e tiveram de adquirir outro animal.

Outro mal de que por esse tempo sofri foi a falta de luz na estrebaria. Só uma janelinha aos fundos. Tão escura que muitas vezes tropecei na soleira. Isso quando me tiravam para o serviço. A passagem brusca das trevas para a luz forte do dia ofuscava-me, fazia doerem-me os olhos.

Se lá continuasse por mais tempo, suponho que perderia totalmente a vista. O que me salvou dessa desgraça foi uma nova mudança de dono. Fui vendido a um sujeito que explorava o negócio de *cabs* de aluguel.

# XLVII

# Tempos duros

O meu novo proprietário tinha olhos pretos, nariz de papagaio, dentes de buldogue e a voz mais desagradável e áspera que conheci. Chamava-se Skinner – aquele mesmo para quem trabalhara o pobre Samuel.

Tenho ouvido dizer "ver para crer". Imagino que o certo é *sentir para crer*. Os sofrimentos por que passam certos cavalos de *cabs*, eu os imaginava por ver nos outros. Agora os conhecia plenamente por senti-los em mim.

Skinner possuía uma série de *cabs* indecentes, com os quais trabalhavam os mais sórdidos cocheiros de Londres. Tudo ali era baixo, reles, inferior, de última categoria. Duro como ele era com os homens, isso os exasperava e os fazia descarregar sobre nós a cólera reprimida. Não podendo vingar-se de Skinner, vingavam-se em nós, os inocentes. Descanso naquela cocheira nunca existiu. Ninguém distinguia um domingo dum dia útil, nem a pior estação invernosa do mais calmo verão.

Homens da farra alugavam *cabs* pelo dia inteiro; iam dentro quatro; um quinto sentava-se com o cocheiro à boleia – e toca para lugares afastados, às vezes a quatro léguas dali. O caminho podia ser o que fosse, ter ladeiras ou buracos. Ninguém descia, ninguém ajudava. Todos os problemas eram resolvidos por um meio só – chicote. E os passeios só terminavam quando o cocheiro não podia mais consigo.

Eu me sentia tão infeliz, triste e abatido e doente que, às vezes, nem provar minha ração conseguia. Como suspirei pela gostosa papa salitrada que Jerry me trazia nas noites de sábado, pelo verão, e que tanto me refrescava lá por dentro! O regime de Jerry constava de duas noites e um dia inteiro de descanso cada semana, de modo que às segundas-feiras nos sentíamos perfeitamente frescos e bem-dispostos para recomeçar o trabalho. Ali, porém, nada disso – nada de folgas reparadoras. Só trabalho, semanas inteiras a fio.

Meu cocheiro era tão cruel quanto o patrão. Usava um chicote de nó na ponta. Os golpes eram dos mais dolorosos, não raro cortando-nos o couro a ponto de verter sangue. Dava-me com golpes pelo corpo inteiro, sobretudo no ventre, que é uma parte muito sensível. Embora desanimado da maneira mais completa, e sem esperança nenhuma, fiz o que pude, nunca me poupei. Não me saíam da memória as palavras de Wasp: "Inútil resistir. Os homens são mais fortes".

Tão dolorosa me tornou a vida que minha única ambição era acabar, como Wasp acabara. Cair morto, estourado, que delícia! Dormir, sossegar para sempre! E por um triz que um dia isso não me sucedeu.

Fui levado ao ponto de estacionamento às oito da manhã. Um freguês tomou meu *cab*, dando ordem de rodar para a estação. Lá saltou, e meu cocheiro foi colocar-se na fila, à espera de algum novo freguês vindo pelo trem a chegar. Logo depois, ouvi rumor de locomotiva. A estação encheu-se. Inúmeros passageiros transbordaram para a praça, e os melhores *cabs* foram tomados. Por fim só ficaram os da nossa categoria. Um grupo de quatro pessoas, marido, mulher e um casal de filhos, com muita bagagem, aproximou-se. A dama e o menino entraram enquanto o homem ajeitava as malas. A menina ficou de lado com os olhos em mim.

– Papai – disse ela –, este pobre cavalo não pode nos levar a todos e mais essa bagagem sem fim. Aposto que não aguenta.

O cocheiro riu-se.

– Não tenha medo, menina. Aguenta sim. É um cavalo rijo e forte.

— O carregador que trouxera as malas foi de opinião que seria melhor tomar um segundo *cab*. O freguês voltou-se para meu cocheiro e indagou:

— Mas, afinal de contas, o cavalo pode ou não pode com a nossa carga?

— Pode sim. Não tenha medo — e ajudou o carregador a enfiar por ali a bagagem inteira.

Senti que as molas do carro cediam ao peso.

— Papai — insistiu a menina — por favor, tome outro *cab*. Isso é malvadeza. Pura crueldade. O cavalo não pode aguentar.

— Não diga bobagens, menina, e não se meta no que não entende. Isso de saber se os cavalos aguentam ou não é com os cocheiros. Os fregueses não podem perder tempo em tais exames. Cada qual cuida dos negócios da sua repartição.

A boa menina teve que ceder. Todas as malas e pacotes foram acomodados por ali e meu cocheiro, com uma chicotada, deu a partida.

A carga estava realmente pesada, e eu, mais fraco que do que de costume em vista de não ter descansado à noite, nem comido minha ração pela manhã, de desgosto de tudo. Mesmo assim, puxei com toda a coragem.

Trotei como pude até Ludgate. Lá senti que não aguentaria mais. Fui moderando a marcha. O chicote voltou a cantar em meu lombo. E gritos, e pragas. Fiz mais um esforço. Meus pés escorregaram. Perdi o equilíbrio. Desabei. Desabei como um fardo, como massa de chumbo. Uma tonteira. Uma confusão. Vagamente percebi tumulto em redor de mim, vozes, agitação. Tudo como num sonho. Distingui uma voz compassiva, dizendo: "Pobre cavalo! A culpa foi só nossa". Alguém me desapertou a barbela, os tirantes e a coalheira que me asfixiavam.

Uma voz dizia: "Está morto; nunca mais se levantará". Vislumbrei um soldado dando ordens. Banharam com água minha cabeça. Deram-me de beber. Cobriram-me com um pano. Não posso dizer quanto tempo fiquei assim. Em dado momento senti-me reanimar; um homem de voz amiga pedia-me que levantasse. Fiz um esforço. Ergui-me, tonto, bamboleante, com uma frouxidão nas pernas, e assim fui levado a uma estrebaria próxima. Puseram-me numa baia com bastante feno e deram-me uma papa quente, que sorvi com deleite.

À tarde me senti melhor, a ponto de poder voltar para as estrebarias de Skinner, onde continuaram a tratar-me. Na manhã seguinte, o patrão veio ver-me, seguido de um veterinário.

– Isto é consequência do trabalho excessivo – declarou este, depois do exame. Não se trata de doença nenhuma. Se o senhor o soltar por seis meses num pasto poderá ainda servir. O que está é completamente exausto.

– Que seja então dado aos cães – rosnou Skinner. – Não tenho aqui hospital para cavalgaduras rebentadas. Minha regra é fazê--los trabalhar enquanto podem; quando não podem mais, vendo--os aos curtidores pelo que me dão.

– Se estivesse arrebentado de peito – disse o veterinário –, o melhor seria matá-lo de uma vez. Mas não está. Pode muito bem tomar uns dias de descanso e ser levado à próxima feira, onde alcançará preço maior que o do couro apenas.

De muito má vontade, Skinner seguiu o conselho. Deu ordem para que me alimentassem convenientemente e me preparassem para a feira. Com dez dias de descanso e bastante aveia, farelo, linhaça e feno, senti-me outro, e pus-me a refletir que, apesar dos pesares, era sempre melhor viver do que ser devorado pelos cães.

Chegado o dia da feira, levaram-me a algumas léguas de Londres. A esperança me voltara. Ponderei que qualquer mudança me seria mais vantajosa do que permanecer nas unhas daquele desalmado Skinner. E assim foi.

# XLVIII

# Thoroughgood e William

Era uma feira de cavalos tão estropiados como eu. Cavalos mancos, de peito arrebentado, outros velhos demais. Seria uma obra de misericórdia se fôssemos todos acabados a tiro.

Os donos desses animais e os compradores pareciam-se com eles. Gente miserável e também estropiada. Uns procuravam um animal assim que ainda servisse para carrocinha de carvão. Outros esforçavam-se por alcançar pela carcaça exposta um pouco mais do que poderia valer a pele. Homens em quem eu via os estigmas todos do fatalismo que a pobreza dá. Entre eles, alguns me inspiravam confiança. Um velho trôpego com o qual simpatizei gostou de mim, embora me achasse muito fraco para o seu serviço. Foi um momento de ansiedade. Se ele me adquirisse, seria talvez a salvação. Não adquiriu. Mais tarde vi aparecer um fazendeiro seguido de um menino. Reconheci que era fazendeiro pelo modo de trajar e pelo chapelão. Aproximou-se. Olhou-me com piedade. Minha crina ainda bela contribuía para disfarçar minha degradação física.

– Aqui está um cavalo que já teve bons dias de vida – disse ele ao menino. – A gente conhece.

– Coitado! Acha, vovô, que é cavalo de carruagem?

– Com certeza. Quando novo havia de ter sido. Olhe as ventas, as orelhas, a linha dos ombros. É animal de raça – disse o velho, acariciando-me com bondade.

Espichei para ele o focinho; o rapazote passou-me a mão pela testa.

– Coitado, vovô! Vê como corresponde aos agrados? Por que não o compra, vovô, para fazer o mesmo que fez à Lady?

– William, não são todos os cavalos que podem ser rejuvenescidos como a Lady. Além disso, a Lady não era velha, estava apenas maltratada.

– Este também não me parece muito velho. Note que crina bonita. E que cauda linda. Apesar de magro, a gente vê que é magreza de mau-trato. Examine-lhe a boca.

– Quem sai aos seus não degenera – disse o velho, sorrindo. – Você gosta tanto dos cavalos como eu.

– Examine-lhe a boca – insistiu o menino –, e indague do preço. Estou certo de que lá em casa vai ficar perfeito.

O homem que Skinner encarregara de me negociar meteu-se na conversa.

– Esse menino tem olho, meu senhor. O cavalo o que tem é realmente isso: esgotamento por excesso de trabalho nos *cabs* de aluguel. Não é velho, e pelo que ouvi o veterinário dizer, não está arrebentado do peito. Diz que, com seis meses de pasto, fica outro. Há dez dias que tomo conta dele e nunca vi cavalo mais agradecido e de melhor gênio. Sinceramente, acho que vale cinco libras. Com seis meses de trato, passa a valer vinte.

O velho sorriu enquanto o menino o olhava com olhos suplicantes.

– Escute, vovô, o senhor não disse que vendeu aquele potro por mais cinco libras do que esperava? Comprando este pelas cinco libras não fica nem mais rico nem mais pobre. Compre-o!

O velho examinou-me demoradamente; apalpou-me as pernas inchadas e fez-me mostrar os dentes.

– Tem treze ou quatorze anos – disse. E mandou que me pusessem no trote.

Mas eu não estava em condições de trotar. Tinha as pernas endurecidas.

– Qual o último preço? – indagou.

– Cinco libras. É o último preço marcado pelo patrão.

– Pois que vá. Trata-se de uma experiência – respondeu o velho, metendo a mão no bolso.

Pagou e propôs ao homem que me levasse ao hotel.

Seguimos para lá todos nós. O menino não cabia em si de contente e o velho gozava com a satisfação do neto. Deram-me uma boa ração e água. Depois fui conduzido para a fazenda de Mr. Thoroughgood (nome que quer dizer "completamente bom"), onde deu ele ordem para que me tratassem a aveia e feno de dia e me soltassem no pasto à noite.

– Fica o novo cavalo entregue aos seus cuidados, William. Veja lá que nada lhe falte – disse ao menino.

Muito honrado com a incumbência, William tomou-a a sério. Não deixava passar dia sem ver-me; tirava-me do meio dos outros para dar-me coisas especiais – cenouras, pão, o que tinha –, e ficava ao meu lado durante as rações de aveia. Conversava comigo, de modo que ficamos logo com grande afeição um pelo outro. Às vezes vinha com o avô, que me examinava as pernas e mandava fazer isto ou aquilo.

– Está arribando – dizia ele. – Mas será pela primavera que veremos mudanças acentuadas no estado geral.

O descanso prolongado e a boa alimentação, bem como o exercício sistemático, foram produzindo benéfica reação em meu organismo. Eu era de natural muito forte, havendo recebido de minha mãe uma constituição privilegiada, e como não fora estragado quando novo, pude desenvolver-me de modo perfeito. Esse bom regime na mocidade estava me valendo na velhice. Com o descanso e o bom-trato, eu renascia.

Chegou afinal a primavera e, em março, Mr. Thoroughgood deliberou experimentar-me num faetonte. Fiquei contentíssimo quando o vi, mais o neto, na boleia. Fiz o serviço perfeitamente, como nos bons tempos.

– Vai ficar muito bom – disse o velho no fim do passeio. – É um caso igual ao da Lady. Cavalo excelente.

O menino estava radiante.

– Vê como acertei, vovô, insistindo para que o comprasse?

# XLIX

# Última morada

Certo dia de verão, o meu tratador escovou-me com mais capricho que de costume. Vi que tínhamos novidade. Também me tosou o pelo dos jarretes, untou os cascos e penteou-me a crina, repartindo-a na testa. Depois arreou-me com arreios de metais reluzentes. Fui atrelado ao faetonte, que o velho e o neto logo tomaram.

– Se as senhoras gostarem – disse Mr. Thoroughgood –, estarão muito bem-servidas; e ele também ficará bem-servido de patroas.

São umas criaturas excelentes, as Bloomefields.

A meia légua dali, paramos à entrada de uma agradável casa de campo, com gramados e jardins à volta. William saltou e foi apertar o botão da campainha. Quando abriram, indagou se estavam em casa as senhoras Bloomefields. Estavam. A porta abriu-se dando entrada a Mr. Thoroughgood. William ficou na boleia.

Dez minutos passados, reapareceu o velho em companhia de três senhoras: uma de idade, envolta num xale branco e apoiada ao braço de uma mais moça; à terceira reconheci logo: Miss Helen Bloomefield.

Helen simpatizou-se comigo logo de início. Achou-me com boa pinta. Já a senhora idosa franziu o nariz, dizendo que eu era cavalo que caíra pelo menos uma vez e poderia cair outras; que tinha medo de andar em carro que eu puxasse. Aquele meu joelho esfolado parecia indicar-lhe que eu já caíra.

O velho objetou:

— Muitos animais têm o joelho assim pelado em consequência de maus-tratos, e é o que me parece que se deu com este. Entretanto, não quero de modo nenhum influir na decisão. Podem ficar com ele aqui para experiência. Desse modo, só farão o negócio se se convencerem por si mesmas das qualidades do animal.

— O seu conselho a propósito de animais sempre será seguido nesta casa — respondeu a dama. — Temos confiança no senhor e pode deixá-lo para experiência.

Ficou assentado que, no dia seguinte, eu viria. Na manhã do dia seguinte, apareceu-nos na cocheira um moço de aspecto inteligente, encarregado de levar-me. De entrada, mostrou-se satisfeito. Depois, notando o meu joelho pelado, mudou de cara.

— Nunca pensei, Mr. Thoroughgood, que o senhor fosse recomendar às Bloomefields um cavalo nestas condições, evidentemente defeituoso.

— Não prejulgue — respondeu o velho. — Leve-o e faça a prova. Nada mais enganador do que a aparência, bem sabe disso. Se não se mostrar tão firme como qualquer cavalo de primeira ordem, devolva-me. É o que tenho a dizer.

Fui conduzido à minha nova morada e posto numa estrebaria muito cômoda. No dia seguinte, quando o tratador veio escovar-me, notou ele a estrela que me marcava a testa e disse:

— Esta marca é exatamente igual à de Beleza Negra. Que bom animal, aquele! Por onde andará hoje?

Continuando o serviço, descobriu no meu pescoço a cicatriz do lugar onde me haviam sangrado. Aquilo o impressionou. Examinou-me atentamente, resmungando lá consigo:

— Estrela branca na testa, sangradura neste lugar, pata branca do lado direito... E aqui! Oh, aqui estão as três manchinhas brancas do Beleza Negra! Querem ver que é ele mesmo? E é, sim! Que encontro feliz! Que extraordinário acaso! Não se lembra mais de

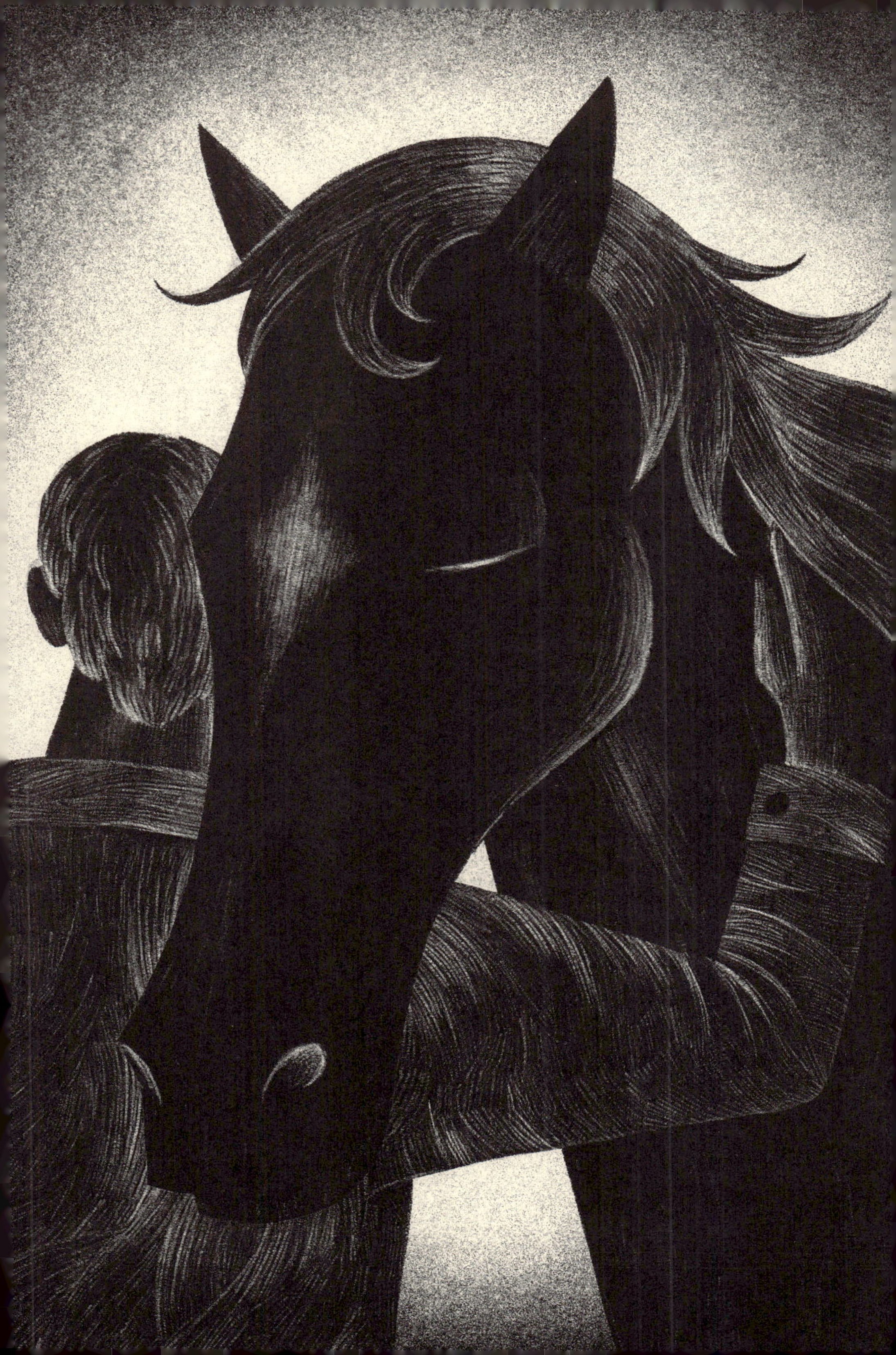

mim? Não se lembra daquele Aldous Green que quase te matou por ignorância?

E, numa satisfação imensa, acariciou-me e beijou-me.

Eu não falo, e nem que falasse poderia confessar que me era impossível reconhecer, no homem robusto que via diante de mim, o menino que me tratou por uns tempos. Mesmo assim fiquei contente, prevendo que depois de tantas calamidades o destino me fazia cair em boas mãos, nas quais minha velhice poderia correr com serenidade. Creio que em toda a minha vida nunca senti o coração mais cheio de felicidade.

Aldous continuava a dar expansões à sua alegria.

– Queria muito saber quem foi o malvado que te fez isso nos joelhos. Pobre do meu Beleza! O que não deve ter sofrido com homens maus que enchem o mundo. Ah, se John Manly estivesse aqui para vê-lo...

À tarde fui atrelado ao carro e conduzido ao parque da vivenda. Miss Helen ia experimentar-me. Logo que tomou as rédeas vi que era entendida. Demos um longo passeio no qual tudo correu bem. De volta, ouvi a sua conversa com Green, na qual ficou assente que eu era na realidade o famoso Beleza Negra de Mr. Gordon.

As demais irmãs correram a saber como eu me havia comportado. Quando souberam de tudo, uma disse:

– Vou já escrever à baronesa contando que o seu célebre favorito veio bater aqui depois de muito correr o mundo. Ela vai ter uma grande alegria, estou certa.

E foi assim que passei a servir àquela boa gente e me restaurei no meu antigo e glorioso nome. Faz já um ano que vivo feliz e só espero uma coisa: que nunca mais me revendam. Desse modo, terei ainda alguns anos de felicidade, e a segurança de que não acabarei miseravelmente, como a minha pobre e inesquecível Wasp.

# SOBRE A AUTORA: ANNA SEWELL

Anna Sewell,
autora de *Beleza Negra*

Anna Sewell nasceu em 1820, no Condado de Norfolk (Inglaterra) em uma família quaker, um movimento religioso que surgiu em meados do século XVII a partir da fundação da Sociedade Religiosa dos Amigos, como um desdobramento do Protestantismo. Seu pai, Isaac Philip Sewell, era um comerciante, e sua mãe, Mary Wright Sewell, escritora de livros infantis e, como quakers, ambos eram contrários à escravidão e adeptos da simplicidade e da vida frugal. Com a falência do pequeno estabelecimento em 1822, a família se vê obrigada a mudar para Londres, enfrentando grandes dificuldades financeiras. Nessa época, a pequena Anna e seu irmão Philip, até então educados em casa pela mãe, foram viver com a avó. Apenas aos 12 anos Anna passaria a frequentar regularmente a escola, agora vivendo em Stoke Newington, na Grande Londres.

Dois anos mais tarde, ao regressar da escola, Anna Sewell sofreu um grave acidente nos dois tornozelos e, a partir daí, só conseguiria se locomover por meio de muletas, e sofrendo

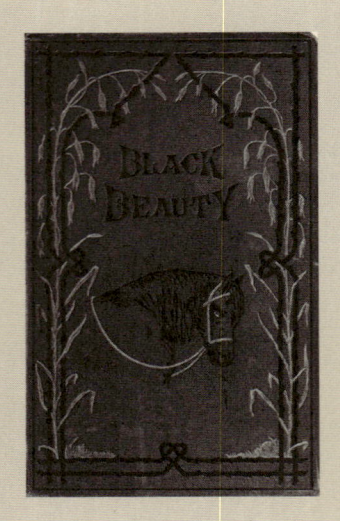

*Fac-símile* da primeira edição de *Beleza Negra*, publicada em Norfolk em 1877. Um ano depois, mais de 100 mil cópias da obra já circulavam na Inglaterra.

A produção da Disney de 2020, dirigida por Ashley Avis, é a mais recente das várias adaptações para o cinema que o livro de Anna Sewell propiciou.

muitas dores. As dores, e a necessidade constante de recorrer às carruagens em seus deslocamentos, fizeram com que a jovem estudante começasse a prestar muita atenção aos cavalos e às más condições e maus-tratos inflingidos a muitos desses animais na Inglaterra do século XIX.

A partir de 1867, Anna, então com 47 anos, se mudaria para a vila de Old Catton, na região de Norwich, para, juntamente com seus pais e o irmão, se responsabilizar pela criação de seus sete sobrinhos órfãos. Será nesse ambiente rural, onde ainda dependia do vigor dos cavalos e da atenção dos donos de charretes para seus deslocamentos, que Anna Sewell começaria a escrever seu único livro, sobre a vida de um cavalo. Publicado em 1877, cinco meses antes de sua morte, *Beleza Negra* se tornaria um sucesso de vendas quase imediato. Apenas um ano após a primeira tiragem, o livro vendeu mais de 100 mil cópias, e a partir do seu lançamento nos Estados Unidos se tornaria um *best-seller*.

*Beleza Negra* também seria responsável por lançar uma discussão, até então inexistente, sobre o sofrimento que alguns arreios da moda inflingiam aos animais, como as correias que impediam os cavalos de levantarem a cabeça. Essas correias entrariam em desuso após serem duramente criticadas pela autora na obra, por meio dos seus protagonistas – os próprios cavalos, vítimas do modismo. A obra também seria a primeira, em língua inglesa, a ter como narrador um personagem animal, e essa ousada experiência narrativa encontraria no escritor norte-americano Jack London um bem-sucedido continuador, com clássicos como *Caninos Brancos* e *Um grito na selva*. Estima-se que existam mais de 50 milhões de exemplares de *Beleza Negra* circulando pelo mundo, em diversas traduções, além de uma dezena de adaptações da história para o cinema.

Esta obra foi composta em Noka, Xants e Silva text. Impresso sobre papel pólen natural 80 g/m². Publicada pela Editora IBEP, em junho de 2024.